AF236372

Erste Auflage: Januar 2021
Copyright © Didi Verde 2021
The Cottage, Clonegal, Co. Carlow, Ireland
E-Mail: ciao@didiverde.com
Web: www.didiverde.com

Herstellung und Verlag:
BoD - Books on Demand, Norderstedt
978-3-752-89942-9 (Paperback)

VON ENGELN

MEINEN PAKT DER LIEBE MIT DIR ZU BRECHEN, UNS IN EIN TAL VOLL TRÄNEN ZU STÜRZEN, IM UNIVERSUM WÜRDE ICH IN UNGNADE FALLEN, WENN ICH DEN DÄMON DEM ENGEL VORZIEHE.

UND DÄMONEN

DIDI VERDE

1

Es ist dunkel geworden. Draußen schüttet es wie aus Eimern und die schweren Tropfen des nicht enden wollenden Regens klopfen unaufhörlich an die Glasscheibe des Büros im ersten Stock. Das Licht der Straßenlaterne direkt vor dem Gebäude ist durch die monsunähnlichen Wassermassen nur partiell wahrzunehmen. Zuweilen spuckt die Lampe aber dennoch ein paar Lichtstrahlen in das Büro, in dem ein Mann mit einer Zigarette in der Hand am Fenster steht, durch das vor ihm flackernde Lichtspiel träumend, eines besänftigten und benommenen Geistes sich weit weg in einem anderen für ihn weitaus besseren Leben sieht. Wie plötzlich und unvorhersehbar, immer nur für einen kurzen Augenblick, die einzelnen Lichtstrahlen sein Büro erhellen, so eilig entschwinden die träumerischen Gedanken, werden erweckt, genährt und sind dann auch schon wieder verschwunden.

Ein Husten unterbricht die träumerische Idylle. Wie augenblicklich und mit einer erbarmungslosen Härte er aus seiner Reise wieder in die vermeintliche Realität katapultiert wird, ist ihm ein Graus.

›Wie mich das alles ankotzt …‹ denkt er sich und sieht auf seine halb gerauchte Zigarette, hustet noch einmal stark und denkt sich weiter ›… *das* aber haben sie nicht verboten! Zumindest jetzt noch nicht …‹ Eine Pause, einer dieser Momente, wenn man innehält und für ein paar wenige Sekunden eine wundervolle Leichtigkeit im Geiste vorherrscht, und zwar dann, wenn da oben einmal alles ruhig zu sein scheint und eine erleichternde Leere dem Hier und Jetzt Fülle verleiht. Eine tiefe Glückseligkeit bricht in diesem einen Augenblick über ihn herein, durchflutet jedes einzelne Teilchen. Aber … es geht auch schon wieder weiter … ›Diese erbärmlichen Versager! Alle dem Untergang geweiht, wie auch ich! Wäre doch nur alles schon vorüber!‹ Er zieht sich seinen Mantel an, setzt sich den Hut auf, schließt die Türe seines Büros hinter sich und geht.

Am nächsten Morgen hat es aufgehört zu regnen, die Sonne kämpft sich hier und da für einen kurzen Augenblick zwischen den Wolken hindurch. Die Straßen stehen teilweise tief unter Wasser und die Autos die hindurch fahren schleudern Wasserfontänen über mehrere Meter auf beide Seiten. Fußgänger möchte man heute bei Gott keiner sein. Das Fenster des Wagens ist einen kleinen Spalt geöffnet, um den Zigarettenqualm ein wenig abziehen zu lassen. Die Öffnung kann den Qualm jedoch nur zum Teil ausspucken. Eine dünne Nebelfront steht zwischen den blutunterlaufenen Augen des Fahrers und der Frontscheibe seines vor sich hin rostenden Wagens. Wie jeden Morgen kommt er wieder zu spät ins Büro und wie jeden Morgen ist ihm das mehr als gleichgültig. Wenn er auf die riesige Uhr des Großraumbüros sieht während er es durchqueren muss, um zu seinem eigenen am anderen Ende zu gelangen, stellt er fest, er kommt viel zu spät. Viele seiner Kollegen verabscheuen die Art und Weise, wie er seiner Arbeit mit einer untrüglichen Apathie nachgeht, allerdings dies nicht ganz der Realität gleichkommt, will nur jeder sehen und glauben, was ihm beliebt. Worüber sich aber alle erzürnen ist seine erbarmungslose Ehrlichkeit, die wie ein Damoklesschwert über ihnen allen hängt. Keiner will mit ihm zusammenarbeiten, so kommt es wie es kommen muss, war es dann doch immer der Neuling, der die *Niete*, wie sie ihn spöttisch hinter vorgehaltener Hand nennen, zieht. Was auch in diesem Büro, in diesem Gebäude, in dieser Stadt, ja sogar in diesem Land über ihn oder sonst wen gedacht oder gesagt wird, wen kümmert es? Am allerwenigsten ihn selbst. Das Geschwätz von wandelnden Scheintoten tut im Grunde nichts zur Sache, füllt lediglich Raum und Zeit mit Nichtigkeiten. Wie er über jeden einzelnen von ihnen denkt, behält er indessen für sich, seine Ehrlichkeit lässt es jedoch erahnen. Der unsichtbare Schleier der ihn umgibt strahlt eine unübersehbare Geringschätzung für diese im System gefangenen Bauern aus, die sie alle spüren können und klein wirken lässt, wie konfus Umherirrende, die niemals ihr Ziel finden würden, sogar dann nicht, wenn man ihnen den Weg dorthin zeige. Mit ihrem Empfinden, er verachte sie alle, liegen sie goldrichtig, denn er verachtet tatsächlich jeden einzelnen von ihnen. Ohne jeglichen Zweifel könnte man behaupten, er hasste sie alle. Nicht aus dem Grunde, wer und was sie sind, sondern ihrer Handlungen wegen. Schon des Öfteren musste der ein oder andere in einem seiner Tagträume sein Leben lassen, tun würde er es nie, dieses Geschenk der Erlösung hatte keiner von ihnen verdient. Vielleicht war er nicht unbedingt eine wahre Bereicherung für die Gesellschaft - dessen Großteil zumindest - mit Gewissheit aber kann behauptet werden, diesen Menschen als einen angenehmen Zeitgenossen zu bezeichnen, mit dem jeder gerne etwas seiner sonst so tristen und trostlosen Zeit verbrachte, vermochte man nur diesen harten Kern, der ihn umhüllte, erst zu überstehen und alsdann zu durchbrechen. Denn böse war er nicht, frustriert des öfteren, verdammt ehrlich immerzu, was heute wie früher, wie eh und je keiner hören möchte, geschweige denn, wenn er damit immer ins Schwarze traf, war denn sein Wort gleich der Wahrheit, wenn wir die Wahrheit als das wahre Sein, die Erkenntnis

9

betrachten. Nur zu gut erkannte der Kommissar Trappel die Missstände im Geiste der Menschen. Banal bis höchst verstörend waren ihre Gedanken, welche schaudernde Taten folgen ließen. Er wusste nur zu gut, wie er doch viel weiter war als all die Sklaven ihrer selbst. Weisheit kann ab einem bestimmten Grade zu einem Fluch erwachen und verflucht fühlte er sich immerzu, vom Aufwachen zu morgens bis tief in die Nacht, bis die Augenlider keine Kraft mehr aufzuwenden vermochten, dieses Leid sehen zu müssen. Wäre einzig alleine das Außen getränkt im Leide, dies wäre noch beinahe zu verkraften, das eigene Elend ließ dann aber auch die Welt im Innen in eine tiefe Tristesse versinken, weshalb er auch der Flasche sein Eid geschworen.

»Vorwärts, kommen Sie mit!« brüllt der Hauptkommissar im Vorbeigehen in Trappels Büro, welcher die Türe wieder sperrangelweit offenließ. Sein Arbeitsplatz war ein Sauhaufen. Akten, Zettel, Notizen, leere Kaffeebecher lagen links und rechts von seinem Laptop über den ganzen Schreibtisch verteilt. All der Kram der einige Tage lang unverändert auf dem Tische ausharrte, wurde dienlich mit der ausgestreckten Hand, die wie eine Schaufel alles auf dem Tisch in eine der Schubladen schob, infolgedessen alles wieder halbwegs annehmbar aussehen ließ. Sobald dann die Schubladen überquollen, nahm er diese einfach komplett heraus und entleerte sie über dem Mülleimer, das wichtigste war sowieso in seinem Geiste verwahrt. ›Alles wieder sauber! Nur keinen Stress und ja kein graues Haar riskieren!‹ dachte er sich stets nach diesen Säuberungsaktionen. Wie ein kleines Kind, welches trotzig eine bestimmte Tätigkeit nicht verrichten will, wie etwa sein Zimmer aufräumen, die Spielsachen nach Gebrauch versorgen, ebenso schien die Betrachtung dieser Aktionen von außen, kam gleich einem kleinkindlichen Verhalten. Dem war aber nicht so, nicht des unbewussten Widerstandes gegen eine elterliche Autorität oder ignoriert der desinteressierten Haltung einer ihm gelehrten Ordnung war der Grund dafür; ihm war es einfach zuwider, all die Unterlagen, Ordner, Zettel, Schreibmaterialien in Reih und Glied, schön geordnet versorgt und aufbewahrt, dem Kleingeist die Illusion der Kontrolle zu geben. Nur einmal musste er ein Schriftstück in Händen halten, blitzschnell mit seinen Augen überflogen haben, diese glichen dann einem unaufhaltsam ratternden Maschinengewehr, die Pupillen schossen von einer zur anderen Zeile, überflogen manchen Teil; nach zwei, drei ganzen Sätzen am Stück wurde nur mehr jedes dritte und vierte Wort aufgesogen, der Zusammenhang, der Inhalt des Schriftstückes verband das Gehirn im Geiste, wie ein Puzzle fügten sich alle Teile ineinander. Schnell war er, der Trappel, genial dazu, sich dessen bewusst, dies hatte den Anschein anmaßend zu wirken. Und alles was die Leute über ihn dachten zu wissen, sie wussten doch nichts.

»Ja, was gibt's?«

»Türe schließen und hinsetzten!« ordert der Chef an.

»Neue Hinweise im Fall ...?«

»Noch nicht!« unterbricht ihn Trappel.

»Na dann, ran an die Arbeit, nur keine Müdigkeit vortäuschen! Geben Sie Gas, wir brauchen schnelle Erfolge, diese Schweinepriester möchte ich hinter Schloss und Riegel sehen. Und dies am liebsten schon gestern!« Der Hauptkommissar zündet sich nach Beendigung seiner kurzen aber recht aufgesetzten Ansprache eine Zigarette an, während Kommissar Trappel seine auf den Boden fallen lässt und mit dem Schuh ausdrückt. Mit weit aufgerissenen Augen, fassungslos, gerade einmal einen Zug genommen, den Rauch noch nicht komplett ausgepustet, nimmt der Hauptkommissar diesen respektlosen Akt des Vandalismus wahr.

»Sind Sie noch bei Trost?!« sichtlich außer sich, wütend folgt sogleich: »Raus hier, Sie…« die Beleidigung spart er sich, wäre aber auch überflüssig gewesen, da sein Gegenüber längst aufgestanden und das Büro im Sinn hatte fluchtartig zu verlassen, im Geiste sowieso schon längst gegangen war.

Zurück in seinem Büro zündet sich der Kommissar erneut eine Zigarette an, öffnet die unterste Schublade seines Schreibtisches, die darin liegende Flasche irischen Whiskeys schleudert durch die ruckartige Bewegung ihren Inhalt stürmisch, wie der Atlantik im Winter seine Wellen an die Westküsten Irlands treibt, von der einen unteren Seite der Flasche wieder zur anderen, oberen Seite. Grund dafür ist das große Volumen der vorhandenen Leere, die darauf zurückzuführen ist, dass es gestern auch schon so ein anstrengender Tag im Büro zu überstehen galt, sich das goldene Elixier den Weg raus aus dem Glasgefängnis Trappels Kehle hinabstürzte, auf Nimmerwiedersehen. So ist die miese Laune, Hand in Hand mit dem stechenden Schmerz in der Stirngegend zu erklären, dem aber mit therapeutischen Maßnahmen der Kampf erklärt wird. Mit einem großen Schluck, wie ein Marathonläufer an der ersten Wasserstelle, gießt er die irische Seele in seine versoffene deutsche Leber, Völkerverständigung nennt er das. ›Heute ist einfach ein zäher und anstrengender Tag.‹ Die Zigarette noch nicht ganz fertig geraucht, schwindet allmählich das von innen heraus an die Schädelwand unaufhörliche Hämmern. Der fast über den gesamten vorderen Teil vom linken bis hinüber zum rechten Auge pochende

Schmerz ist so gut wie dahin. Langsam setzt eine Benommenheit ein, die allemal besser als die vorangegangene Mühsal zu sein scheint.

›Hätte gestern nicht so lange sitzen bleiben sollen und meinen Frust wie ein Asket ertragen, nicht eines Narren diesen in seiner Sinnlosigkeit ertränken, das habe ich jetzt davon. Selber schuld, man könnte meinen ich sollte es besser wissen. Dabei habe ich mir geschworen nicht mehr so viel zu trinken. Wenn der Rausch, diese angenehme Wonne, ein so friedfertiger und stiller Freund nur nicht diesen Zauber versprühen würde, den Geist mit ausgestreckten Fängen umarmt, wohlig sanft dessen Tyrannei verstummen ließe…‹

»Dies hier ist ihre neue Partnerin!« Mit diesen Worten wird der Kommissar aus seinen Gedanken gerissen.

»Partnerin?! Ah ja, hat doch letzte Woche jemand erwähnt.« witzelt der Kommissar. Hans verdreht nur die Augen. Hinter ihm tritt sie hervor. Was für eine Frau. Dieses hübsche Gesicht, scheint alles zusammenzupassen, nicht wie bei den anderen weiblichen Mitarbeiterinnen des PKA 7, diesen *Anzugshosentragenden – ich melde das dem Vorgesetzten, wenn sie mir noch einmal zu tief in den Ausschnitt schauen -* karrieregeilen Büroflittchen. Nein, hier zeigte sich eine Klassefrau mit himmlischem Antlitz. So etwas sieht man nicht alle Tage, diese Ausstrahlung erhellt sofort den gesamten Raum. Es scheint als ob ein Engel einem tief hinab in seine verkommene Seele steigt und dort ein Lichtchen anzündete. Alle Achtung, eine unglaublich scharfe Figur zeichnete sich zudem unter ihrem eng anliegenden Rollkragenpullover und der hellblauen Jeans ab. Sportlich-elegant wirkte ihre Aufmachung, sagenhaft die hervorstehenden Brüste. Wunderschönes dunkelbraunes, gelocktes, bis weit über die Schultern luftig leicht hängend, offentragendes volles Haar. Große runde türkisgrüne Augen schauen zwischen ihren langen pechschwarzen Wimpern hindurch. Volle tiefrote Lippen laden zu phantasievollen Tagträumen ein. Dezent, kaum auf den ersten Blick auszumachen, bekleiden drei, vier kleine Sommersprossen ihre süße, zarte Stupsnase.

›Ist dies dem Alkoholspiegel zu verdanken, der meinen Sinnen diesen Engel zeichnet, sobald um die Mittagszeit, der notwendigerweise aufgewärmte Rausch, zum Großteil jedoch verflogen sein sollte, mir dieses Gefühl der Verzückung aber wieder zu entreißen versucht. Kann mir mein Schicksaal so grausam gesinnt sein. Wir werden sehen…‹

»Ich heiße Katharina …« öffnet die Schönheit nun ihren Mund, verzaubert sofort durch den Klang ihrer angenehm ruhigen, weich klingenden Stimme das ganze Büro. Denke sie wollte noch diesem etwas hinzufügen, nun so abrupt den Satz unterbrochen, scheinbar sprachlos, lag dies vielleicht daran, dass mir ihres ersten Anblickes an, mein Mund weit offenstand, wie die Türen einer Stripteasebar zur Happy Hour. Diese strahlende Erscheinung hat jedoch keine lüsternen, versoffenen Gedanken verdient.

»Katharina hat ihren Arbeitsplatz übrigens im Büro links von ihrem, nicht unter ihrem Schreibtisch, schließen sie also bitte wieder ihren Mund.« lacht sich Hans ins Fäustchen, wohlwissend seines schlagfertig sarkastischen Kommentares, dreht sich augenblicklich um und verlässt siegreich und hastig das Büro. Sonst hatte er ja nicht viel mit, geschweige denn über den Kommissar zu lachen. Nur einmal sich nicht als Fußabtretter fühlen, einmal ausgeteilt, nicht immer einstecken müssen, schnell raus hier, sich den Erfolg nicht mehr nehmen lassen.

»Nun wie geht's weiter, nachdem wir in ihrer Phantasie schon längst innigste Bekanntschaft miteinander genossen haben? Laden sie mich dafür zum Mittagessen ein?!"« grinst die Neue recht hämisch.

›Wow! Was für ein Mundwerk!‹, »Klar, gehen wir!«

2

»Wieviel sind das?«

»Um die siebzig bis achtzig Kilogramm dürften es sein. Der Verkaufswert liegt etwa bei neunzig bis einhundert.«

»Ich dachte das Kilo ist teurer.«

»Neunzig bis einhundert ein einzelnes Stück, welches gewöhnlich recht dünn geschnitten wird und um die einhundertfünfzig Gramm wiegt, wodurch sich der Preis pro Kilogramm somit auf um die sechshundertfünfzig beläuft und wir sprechen hier von einer minderen Qualität. Etablissements gehobenen Standards machen mit unter Einberechnung der Getränke so all abendlich über einhunderttauend Umsatz, des Verbotes sei Dank. Angebot und Nachfrage bestimmen eben den Markt, und weiß Gott die Nachfrage ist enorm.«

»Wieviel solcher Läden vermuten sie in der Stadt?« interessiert sich Katharina.

»Reichlich.« Der Kommissar schließt den Kühlschrank, beginnt die Unterlagen durchzusuchen, die kreuz und quer in einem riesigen Durcheinander auf dem Schreibtisch nebenan liegen. Erinnert ihn ein wenig an seinen ei-

15

genen Arbeitsplatz. Ist etwa der Verursacher dieser Unordnung auf dem selben geistigen Niveau wie er es ist? Schwer anzunehmen. Ein handgeschriebener Zettel mit einer rot eingekreisten Adresse sticht ihm ins Auge. Dies ist der Hinweis den er gesucht hat. Hier sollte die Lieferung aller Wahrscheinlichkeit landen. Wer sich hinter dieser Adresse verbirgt - er kann es erahnen und es gefällt ihm ganz und gar nicht.

›Da bin ich dann aber gespannt, was uns jetzt hier erwartet. Im Grunde scheint der Kommissar gar nicht so ein unangenehmer Zeitgenosse, alle im Büro haben mich bereits eindringlich vor ihm gewarnt. Still und nachdenklich, weder bissig ironisch, ein wenig harsch und etwas unbeholfen ab und an, liegt sicherlich am Fusel, vielleicht ändert sich sein Verhalten, wenn er mich ein wenig besser kennt, …‹ Ganz und gar in ihren Gedanken versunken merkt Katharina nicht, wie angenehm ruhig und entspannt sie im jetzigen Augenblick doch ist. All die Nervosität des neuen Posten wegen, verflogen. Abwartend, aber gelassenen Gemütes, sitzen beide im Auto und warten in einer Seitenstraße mit Blick auf die Lokalität mit der Hausnummer zwölf, welche die Adresse auf der gefundenen Notiz widerspiegelt. Der Schein der nächstgelegenen Laterne schließt den Beleuchtungsradius kurz vor ihrem Wagen ab. Die wenigen einzelnen Fußgänger, die hier zu abendlicher Stunde vorbeischlendern, können die beiden inmitten der anderen parkenden Autos nicht ausmachen. Eingehüllt im Schutz der Dunkelheit, mit freiem Blickfeld auf das gesamte Geschehen, ein perfekter Platz für eine Observation. Sehen, aber nicht gesehen werden.

16

»Noch drei Minuten, dann haben wir Punkt halb elf.« murmelt Trappel vor sich hin, nachdem er für einige Sekunden auf seine Taschenuhr gestarrt hatte. Er klappt sie zu und steckt sie wieder in seine Manteltasche.

Immer mehr Gäste strömen hinein, morgen wird die heutige Aktion große Wellen in der Presse schlagen, viele angesehene und bedeutende Personen aus allen Gesellschaftsschichten haben sich hier mittlerweile eingefunden.

Halb elf, die Türen der rasch heranfahrenden Busse öffnen sich, schwarzgekleidete Männer mit Sturmmaske und Helm, Maschinengewehr im Anschlag, stürmen einer nach dem anderen heraus. Drei Busse blockieren nun die komplette Seitenstraße, ungefähr fünfzig Mann laufen ins Innere. Zuvor werden noch die zwei Türsteher blitzschnell überwältigt, ehe einer von ihnen noch im Stande gewesen wäre sich zu einer Dummheit hinreißen zu lassen. Friedlich soll der Frieden bewahrt werden, wie die Order lautet. Weitere Busse rücken an, all die weiteren jedoch leer im Inneren, für den Abtransport der Anzuklagenden sind sie bestimmt.

›Das wird Vincenzo nicht gefallen.‹ schüttelt Trappel leicht seinen Kopf und holt einmal tief Luft.

Katharina blickt voller Spannung auf das rege Treiben, welchem sie in wenigen Augenblicken ebenfalls beiwohnen wird. Bilder von den unterschiedlichsten Persönlichkeiten gehen ihr durch den Kopf, die Frage wen sie hier anzutreffen vermag, lässt ihr Blut in Wallung geraten. ›Jetzt sind sie dran, bezahlen für ihren Schwachsinn!‹ flammt langsam die Aggression in ihr auf, ehe Trappel mit folgenden Worten den Wind in ihre lodernde Glut treibt und ein Feuersturm entfacht:

»Los, aussteigen! Wir gehen.«

17

3

Daumen, Zeige- und Mittelfinger greifen nach dem Turm, heben diesen von D1 auf D4, ein Bauer muss diesem Zuge weichen. Sein Gegenüber wirkt ein wenig verdutzt, grübelt und studiert, welche Absichten bringen dieses offensichtliche Opfer des Turmes mit sich, steht dieser nun seinem Bauern auf C5 schräg gegenüber. Alle möglichen Spielzüge werden im Geiste auf erdenkliche Schwächen geprüft. ›Was hat er nur vor?‹ Lange, sehr lange denkt Trappel nach, tappt wie gewollt in die Falle, zieht seinen Bauern von C5 auf D5, schlägt den Turm. Sein Gegenüber zieht nun auch noch seinen zweiten Turm mit einem innerlichen, nach außen hin in keiner Spur wahrzunehmenden Lächeln in die Schlacht. E1 auf E7.

»Schach!«

Der Turm setzt mit diesem Zuge zwar Trappels König auf A7 ins Schach, doch bedeutet dieser Spielzug den Fall des zweiten Turmes, steht dieser doch diagonal hinter der Dame, die sich auf D6 befindet. ›Er opfert seinen zweiten Turm?‹ kopfschüttelnd sucht Trappel das Holzbrett mit all seinen darauf stehenden Holzfiguren nach dem Warum ab. ›Ein solch starker Gegner opfert nicht beide Türme, ohne eines scharfsinnigen, ausgeklügelten Planes verfolgend.‹ Wenn ein genialer Kopf einem anderen genialen Kopf zwei solche Geschenke unterbreitet, ist die Niederlage besiegelt. Trotzdem schlägt die schwarze Dame auch den zweiten Turm. Jetzt zieht die weiße Dame auf D4, schlägt den Bauern der zuvor den ersten Turm vom Feld nahm und setzt den König ein weiteres Mal Schach.

»Schach! … zum zweiten« vermeldet Trappels Gegenüber mit einem, nach außen hin, erneut nicht zu bemerkenden innerlichen Lächelns, wohlwissend sein Plan ging auf. Der König flieht von A7 auf B8. Dame von D4 auf

B6.

»Schach!«

Die Schlinge zieht sich langsam zu. Keiner der beiden Türme Trappels, seine Dame, der verbliebene Springer oder Läufer stehen goldrichtig um hier zu einem hilfreichen Gegenschlag ziehen zu können, um sich von der drohenden Niederlage vielleicht noch in ein Patt zu retten.

»Schach!«

Die Luft wird dünner. Schwarzer Läufer schottet den König ab, A8 auf B7. Weißer Springer A5 auf C6.

»Schach! Zum Letzten!«

›Das war´s‹ Trappels letzte Gedanken vor seinem letzten Zug. König B8 in die Ecke auf A8. Weiße Dame B6 auf A7, ohne eine Sekunde zu überlegen.

»Schach Matt!«

Sichtlich niedergeschlagen starrt Trappel auf das Schachbrett, wog er sich doch in der Gewissheit, zwei starke Figuren seines Gegners vom Brett genommen zu haben, in scheinbar deutlicher Überlegenheit die Partie zu dominieren, die Konstellation stand gut, so kann man sich täuschen.

»Manchmal trügt der Schein.« schließt er seine Gedanken nach dieser Niederlage, leise vor sich hinmurmelnd, ab.

»Mal gewinnt man, mal verliert man.« Diese Worte seines Bezwingers bauen ihn jedoch wenig auf, ist er doch ein recht ehrgeiziger Mensch, welcher immer gewinnen möchte, eine Niederlage, zumindest im ersten Augenblicke, einem Weltuntergang glich.

»Ja, ja!« ein wenig niedergeschlagen kommen diese Worte aus Trappels Munde. Er schnauft einmal tief durch, greift nach der Zigarettenschachtel auf dem Tisch, zündet sich eine an und nimmt einen tiefen Zug. Blitzartig lähmt das Nikotin die aufbrausenden Gedankengänge, welche die Niederlage zwar nicht mehr ungeschehen, die Verbitterung aber ein wenig benebeln im Stande sind. Etwas erleichtert bläst er den Rauch aus, greift zum Whiskyglas, ein kleiner Schluck, alles seiner Unachtsamkeit vergeben und die Niederlage fast schon vergessen.

»Gestern haben wir wieder einen Laden von Vincenzo auffliegen lassen.« wechselt Trappel nun das Thema, da verweht sein Zorn über die bezwungene Geistesstärke. »Gegebenenfalls werde ich ihm einmal einen Besuch abstatten müssen.«

»Einen guten alten Freund arretieren, weil dieser vom Pfad der Gerechtigkeit abgekommen ist, kann sich als ein schwieriges Unterfangen darstellen. Diese durchaus heikle Situation erfordert gründlichen Bedachts. Auf der einen Seite steht die Rechtswidrigkeit, welche dein Gewissen, deinen Hang zur Gerechtigkeit zur Weißglut treibt, allmählich zur Tat schreiten und diesem Einhalt gebieten möchte. Andererseits gilt es zu überlegen, ob ein Exempel zu statuieren, nachfolgende Verstoße vermindert.«

»Wer mit dem Feuer spielt, verbrennt sich womöglich dabei die Finger.« Trappel hebt nach Beendigung des Satzes sein Glas und leert den noch verbliebenen Inhalt.

»Oder steckt doch vielleicht mehr dahinter, als es dir lieb zu sein scheint?« fragt er nach und sieht schon in Trappels Gesicht einen nachdenklichen und sehnsüchtigen Ausdruck an etwas längst Vergangenem.

4

»Lasst uns baden gehen!« fleht Anabel die beiden an. »Es ist so erdrückend heiß und das Wasser erfrischend

20

kühl, mein Kleid verschmilzt schon regelrecht mit meiner Haut, wie eine zweite haftet sie sich an meinen schweißgebadeten Körper.«

»Ich bin dabei! Du auch?«

»Wir haben gar keine Badesachen dabei." entgegnet Pius.

»Sei kein Spielverderber!« neckt Anabel den auf der Decke liegenden. »Wie Gott uns geschaffen hat, splitternackt, in abermillionen Wasserkristalle eintauchend, diese tollend und voller Lebenslust in Wallung bringen, deren unendlich reine Energie in uns aufsaugen und uns mit den Gelüsten der Natur fluten, dieser hemmungslose Tribut zollen, sollte uns deren schäumende Woge erfassen.«

Eine warme Brise weht über die Landschaft, der alten und kräftigen Eiche zwischen ihren abertausend tiefgrünen Blättern hindurch, sowie Anabel durch ihre brünette Lockenbracht. Die Sonnenstrahlen erhellen die Haare der jungen Frau, lassen diese rot schimmern. Der dritte im Bunde, ein dunkelhaariger, großgebauter junger Mann, Anfang zwanzig, Vincenzo sein Name. Seit vielen Jahren kennen sich die drei, eine verschworene Gemeinschaft, sie waren stets unter sich, kein Fremder vermochte in ihren, nach außen hin scheinbar elitären Kreis zu dringen. Sie hielten sich nicht für etwas Besonderes, nicht für klüger, anders auf jeden Fall. Stundenlang saßen sie zusammen, philosophierten über das Leben, das Sein und alles was geschehen war, ist oder noch kommen sollte und könnte. Eine unbeschwerte und aufregende Zeit genossen sie, als ob sie sich dessen bewusst gewesen, diese Ansammlung wundervoller Augenblicke würde nicht auf ewig sein.

Da liegen sie nun unter dem schattenspendenden mächtigen Baum, ein Korb zur Seite, eine Flasche Wein darin, eine leere daneben und eine offene mit Korken im Halse.

Aus kleinen Römern trinken sie, lachen den halben Nachmittag, erzählen sich Geschichten, als dann eben Anabel den beiden den Vorschlag unterbreitet, sich eine Abkühlung im nahegelegenen See zu verschaffen.

»Dann lasst uns gehen!« sind sich letzten Endes alle einig.

Splitternackt schwimmen die drei in diesem herrlich kühlen Nass, welches ihre Körper erfrischt, zugleich den Geist von der leichten Benommenheit des getrunkenen Weines befreit. Was nun folgen sollte, hätte keiner der drei je auch nur für möglich gehalten. Nach einer kleinen geschwommenen Runde, alle drei nebeneinander, Anabel in ihrer Mitte, nähern sie sich wieder dem Ufer und beim Herauslaufen, die Unterkörper noch unter Wasser, Anabels Nippel durch die kühle Temperatur des Wassers hart und steif modelliert, begehrlich wie geschliffene Diamanten. Als dieser Anblick der prallen Brüste mit ihren großen, runden Brustwarzen und ihren steifen Nippeln von den Augen des herüberschauenden Vincenzo erfasst werden, ist dieser blitzartig erregt, zugleich auch irritiert, ist er sich doch bewusst, wen er hier begehrt, keine mögliche sexuelle Eroberung, nein, einen jahrelangen Freund, gleich wie auch der Pius für ihn einer darstellt. Anabel spürt die Begierde zu ihrer linken, dreht ihren Kopf aber nach rechts, zu sehen ob gleiches auch hier auszumachen sei, mustert Pius von oben bis unten, welcher durch ihren sinnlichen und erwartungsvollen Blick ebenfalls in seiner Lust gepackt wird. Ein anreizendes Knistern liegt in der Luft. Nun scheinen alle drei in einem Nebel von erotischen Sinnen einzutauchen, das Herz jedes einzelnen klopft heftig und unaufhaltsam. Dieses tiefe und überwältigende Verlangen der männlichen Statisten, nun jeweils

22

durch ihren prächtigen Phallus auszumachen, zieht Anabel allmählich in einen verführerischen und fesselnden Rausch. Vincenzo fasst seinen gesamten Mut zusammen, packt das Ziel seiner Gelüste an der Hüfte, schiebt es langsam zu sich her und legt seine Lippen behutsam auf ihre linke Schulter, bedeckt diese mit sanften Küssen. Nun zuckt es in Anabels Muschel. Ihre Augen schließen sich, lustvolles und hilfloses Stöhnen lässt unweigerlich den dritten an sie herantreten. Geküsst nun von beiden, von Händen am gesamten Körper gestreichelt, an den Beinen, Schenkeln, Bauch, dem Po, dem gesamten Rücken, auf und ab wandern die vielen Finger der zwei. Immer heftiger und leidenschaftlicher werden die Küsse, lauter und wilder das nun hemmungslose Stöhnen der Begehrenswerten, nur im Wasser stehenden, diese Wollust mit animalischem Verlangen in sich aufflammen lässt. Ein lustbetonter Biss folgt an und ab den nun immer heftiger werdenden Küssen, die nun an der linken, sowie rechten Schulter, den Hals hinauf und wieder hinab wandern. Eine Hand drückt sanft die linke Brust, der Nippel der rechten wird von der anderen Seite mit der Zungenspitze geliebkost. Eine weitere Hand taucht unter die Wasseroberfläche und massiert mit dem Mittelfinger in kreisenden Bewegungen Anabels Perle, sodass diese nun vor lauter Erregung zittert. Sie packt sogleich mit ihrer rechten Hand Pius Phallus, mit der linken, den von Vincenzo. »Nehmt mich!« sind ihre letzten Worte, ehe die drei schnell ans Ufer hasten und Anabel von ihren zwei hungrigen Löwen, deren Beute gleich, niedergerissen und in dem grobkörnigen Sand ihrer animalischen Lust zügellos verfallen sind.

»Was gestern passiert ist ... mir fehlen die Worte ... «

»Sag nichts Anabel!«

»Das wird doch nichts an unsere Freundschaft ändern,

ich kann dir wirklich nicht sagen, wie es dazu gekommen ist...«

»Ruhig Blut! Zerbrich dir nicht dein hübsches Köpfchen. Du musst dich für nichts schämen oder rechtfertigen. Wir sind uns allesamt unseren Handlungen und deren Folgen im Klaren, was auch geschehen mag, wir werden für immer Freunde bleiben.«

»Und Pius, hast du schon was von ihm gehört?«

»Noch nicht. «

5

Vincenzo Farelli ist ein skrupelloser Geschäftsmann. War er immer schon so? Wie wurde er zu dem, der er heute ist? Ein Mann geht seinen Weg, nur welche Beweggründe verleiten ihn letzten Endes einen so abgrundtiefen Hass auf das Gute zu entwickeln. Die Dunkelheit verspricht in einem verführerischen Augenblick Heil und Gunst des Schicksals, seine wahren Absichten liegen jedoch gut gehütet im Verborgenen. Die Hingabe zu dieser Täuschung lässt diese als solche unentdeckt. Denn im dunklen Tal brennt kein Licht, das durchschreiten einem Blindflug ähnelt und nur das unendliche, uneingeschränkte Vertrauen an das Gute den Weg hinausweisen könnte. Die Hoffnung den Seelenschmerz zu lindern, gar zu heilen, langsam ertrinkend, je weiter sie absinkt. Doch sich im Elend zu baden ist die Reinwaschung des Teufels, die Legitimation seiner Existenz. Es ist das Eine geblendet sich dem Wahn zu unterwerfen, ein Anderes mit ihm zu tanzen. Er war traurig und wütend zugleich. Anabel wusste nichts von seiner tiefen und innigsten Liebe zu ihr. Er hat es sich niemals verziehen, ihr dies nicht offenbart zu haben. Die Zeit vermochte es nie, diese klaffende Wunde zu schließen. Fortan sollten alle Leid erfahren, wie auch er Leid ertragen muss, Tag für Tag, Gedanke für Gedanke. Der Scherbenhaufen seines Herzens liegt nun schon über viele Jahre unverändert, in abertausenden kleinen, winzig scharfen Stücken einfach nur da, durchschneidet jeglichen Hauch von menschlicher Nähe.

»Hey Vince!«

»Was gibt´s?!«

Ein tiefer Seufzer, folgend einer Hand, welche die Stirn reibt. Verlegenheit gepaart mit Angst lässt dem Boten die Sprache verschlagen.

»Na los, sag schon. Was ist passiert?« ungeduldig, fast schon erbost über die furchtsame Art seines Untergebenen, schüttelt Vincenzo bereits seinen Kopf, ahnend der schlechten Nachricht.

»Welcher Laden war es denn dieses Mal?« fragt Vincenco nach. Erleichtert fällt dem Boten ein Stein vom Herzen, diese schlechte Nachricht nicht aus seinem Munde überbracht zu haben, als hätte er vielleicht sogar selbst direkt mit der Razzia etwas zu tun, womöglich sogar in diese involviert, durch die Vorwegnahme der unerfreulichen Botschaft rein gewaschen zu sein, dem natürlich nicht so war, denn jegliches Versagen in seiner Organisation, teils dem jeweiligen Überbringer schlechter Nachrichten anlastete. Der Gefragte bricht nun endlich sein Schweigen und nennt gefragtes Lokal.

»Verstehe.« Recht entspannt scheint Vinzenco die unerfreuliche Nachricht entgegenzunehmen, weist die ruhige, fast schon gleichgültige Gewichtung der Antwort darauf hin. Die immerzu gleichbleibend und monotone

25

Stimmlage entstand aus reinem Kalkül, sollten seine Opfer sich doch immer in einer bedenkenlosen Sicherheit wiegen, der Gewissheit alles sei gut, kein böses Blut erzeugt worden, unweigerlich das eigene jedoch bereits vergossen, ohne sich dessen überhaupt bewusst gewesen zu sein. Zwei Tage später fand man den Boten der schlechten Nachricht im Kofferraum eines gestohlenen Wagens nahe des genannten Lokales. Die Hände am Rücken zusammengebunden, das Augenlicht mit einem Tuche in Dunkelheit gehüllt, der Mund zugeklebt, vier Messerstiche in Bauch und Brust, die Kehle aufgeschlitzt.

6

›Nach all den Jahren sehen wir uns also wieder. Seiner Begleitung nach ist zu vermuten er befinde sich im Dienste, im Kampf für Recht und Ordnung. Warum haben sie ihn geschickt? Reiner Zufall oder eiskalte Berechnung? Wieviel weiß er, mein alter Freund? Und wer ist diese Frau in seiner Begleitung, diese junge, sinnlich wirkende Augenweide? Vermutlich seine neue Partnerin, das arme Ding. Da bin ich doch jetzt wirklich gespannt was mich hier erwartet oder vielleicht noch besser ausgedrückt: wer mich hier besucht. Denn die einzige für mich bedeutende Frage, die sich stellt: ›Was hat das Rad der Zeit mit Pius angestellt? Ist er noch derselbe, wie anno dazumal?‹

»Los, lass die beiden herein!«
Eine schwere Türe öffnet sich, ein Mann in schwarzem Anzug, zurückgebundenem Haar, bittet die beiden herein.

Alsbald sie eingetreten waren, schließt sich die Türe unverzüglich hinter ihnen, der Mann gestikuliert mit einer Handbewegung den beiden das alleinige Weitergehen in dieser dunklen Bar, zwar ist es Tag und hell draußen, hier drinnen aber hüllt man sich lieber in einer gewollten und sicheren Dunkelheit. Am Ende des langen Tresens, hinter welchem ein grimmig aussehender alter Mann mit weißem Bart, kurzem weißem Haar und Geschirrtuch über seinem schulterlosen Hemd steht und Gläser trocknet, in einer Ecke, an einem kleinen runden Tisch, welcher nur mit einer kleinen Tischlampe ausgestattet, ein großer massiver Kristallaschenbecher, eine Espressotasse und ein geschlossenes Buch darauf, sitzt er. ›Das Spiel ist eröffnet, nun bin ich aber einmal gespannt.‹

»Hallo Vincenzo.« grüßt Pius zuerst.

»Hallo Pius, lange her.«

»Das kann man wohl sagen, wie geht´s dir denn?«

»Gut, gut. Danke der Nachfrage. Bist du wegen einem meiner Leute gekommen? Ich hörte es wurde ein Leichnam in einem Kofferraum gefunden. Seit kurzem ist einer meiner Spatzen abtrünnig, keiner weiß wohin er geflogen sein mag, meine Vermutung geht aber sicherlich Hand in Hand mit deiner, dass dieser im Kofferraum einer meiner sein könnte und sehr wahrscheinlich auch ist.«

»Und welcher Spatz hat dir das vom Dach gezwitschert?« fragt Pius.

»Es ist Paolo Mannini!« öffnet nun Katharina das erste Mal ihren Mund. Sie wurde weder Vincenzo vorgestellt, nicht von seiner Exzellenz selbst, noch von Pius, und bei herantreten an ihn nicht mehr als eines flüchtigen, knappen Blickes gewürdigt.

»Das ist tatsächlich einer meiner Leute.« wendet nun Vincenzo den Blick weg von Pius, hin zu ihr. Voller Schrecken vernimmt sie den durchdringenden Blick Vincenzos,

27

ihre harte Schale bricht sogleich. Innerlich beginnt sie zu zittern, kalt läuft es ihr über den Nacken. Von außen betrachtet lässt in diesem Moment nichts auf ihr gepeinigtes Innenleben deuten, beherrscht und konzentriert wirkt sie. Ihr Herz rast. Dankend und innerlich durchatmend heißt sie Pius willkommen, als dieser das Gespräch wieder an sich reißt, Vincenzo seine beherrschenden Augen von ihr abwendet und die Sekunden der Angst langsam entschwinden.

»Aber wie er in diesen Kofferraum, oder andersrum gefragt, wer ihn dort zu ewigem Schlafe legte, kannst du mir mit Sicherheit mitteilen?!«

»Ich wünschte in dieser Angelegenheit wäre es mir vergönnt dir einen Hinweis zu geben mit dem du etwas anfangen könntest; leider muss ich dich aber im Regen stehen lassen, tut mir leid.« gibt Vincenzo nüchtern von sich.

»Na gut, dann hätten wir dies.« will Pius die Sache auf sich ruhen lassen, da fällt ihn Katharina mit einem bösen Blicke an: »Wo waren sie am Tage des Mordes, am Dienstagabend, ab 20 Uhr?!« und wendet bei Beendigung der Frage ihren Kopf zu Vincenzo, diesmal von der Wut über den laschen Willen der Befragung von Pius in Rage versetzt und die Angst in Aggression übergeschwappt. Erstaunt über die nun selbstbewusste junge Ermittlerin schauen sie beide etwas verdutzt. Nun jagt Katharina den im Stuhl entspannt Dasitzenden einen tödlich giftigen Blick, gespannt an einem Bogen tiefer Abscheu, direkt in dessen schwarzes und verdorbenes Herz. »An dem besagten Tag...« fordert sie eine Antwort, doch Pius lenkt ein, unterbricht sie und entschärft das aufgeheizte Gemüt seiner Begleitung, fordert sie auf, draußen im Auto zu warten. Vollkommen konsterniert sieht sie zu ihrem Partner hinüber, als dieser ein weiteres Male sie zum Gehen auffordert. Am liebsten wäre sie ihm an die Kehle, wie eines auf der Jagd angeschossenen Panthers seines Peinigers attackierend. Als recht amüsant sieht Vincenzo dieses Schauspiel Gut gegen Böse an. Verkörpert doch Katharina recht klischeehaft diesen verbissenen Typ Frau in seinen Augen, welcher mit einem schwarz-weiß Denken die ganze Welt in Recht und Unrecht teilt, dadurch ihre Not zu erklären im Stande, alles Übel durch Beseitigung des Boshaften in einen unbeschwerten und reinen Klang einstimmen zu können. Draußen an der frischen Luft, langsam etwas von der hitzigen Aufregung in der Bar zur Ruhe gekommen, versteht sie auch allmählich, es war töricht und einfältig sein Begehren dem Feind im Felde so augenscheinlich und unbeholfen vor den Latz zu knallen. Dieses unbeherrschte Temperament gewinnt in Zeiten der Ungerechtigkeit die Oberhand über ihr sonst so besonnenes Denken. In jungen Jahren noch kam keiner so unbescholten wie gerade eben davon. Aber das Alter bringt Vernunft, wägt erst ab, handelt alsdann.

7

Unbeschwert, der Zeit trotzend, verhielt sich jeder Atemzug im Leben der drei. Was morgen kommen mag, spielt doch heute keine Rolle. Freiheit kann nur ohne die Angst an Kommendes genossen werden. Tief ergeben und verbunden dem Hier und Jetzt, zusammen. Nicht mehr forderten sie, nicht weniger wollten sie. Im Nachhinein muss gesagt werden, es war die schönste Zeit in derer Leben, nie wieder sollten sie so glücklich sein, denn das Glück

29

kann man nicht fassen, nur leben, bei Gott haben sie gelebt. Nur wofür lohnt es noch zu leben, wird einem das einzige, welches ausnahmslos alles ist, genommen? Liesse sich die Zeit zurückdrehen, in dieses Paradies würden sie sich von der Strömung des Lebens treiben lassen. Mit sanften Stimmen zueinander sprechend, wachsam und behutsam, als ob dieser Traum zerbrechen könnte, würden sie nur zu laut darüber reden, badeten sie in der unendlichen See der Glückseligkeit. Gewiss dauert kein Traum ewig und genau dessen fürchteten sie sich, aufzuwachen und alles wäre vorüber, wie ein zierlicher Funken langsam aber unweigerlich verglüht.

Eine Zeit lang wohnten alle drei unter ein und demselben Dache. Wie es dazu gekommen ist, kann keiner sich mehr entsinnen, doch wollten es alle, obwohl außer Anabel keiner es offen erbeten hätte. Der weibliche und sanfte Part dieser Freundschaft vermochte es stets die Wünsche, Gefühle, Gedanken aller zum Ausdruck zu bringen, wiederum die zwei vom starken Geschlecht nur in Beisammensein ihrer guten Seele. Als solche, altruistisch und musisch, verzauberte alleine ihre Anwesenheit, vertrieb die Furcht der Verschlossenheit, sodass alle frei im Geiste und anmutigen Herzens untereinander zu weilen im Stande waren. War es eine gewisse mütterliche Ausstrahlung, die für Obhut tief hinein in jede einzelne Zelle sorgte, oder doch etwas noch viel Höheres, einer Engels lichte Geborgenheit unter seinen weit ausgebreiteten Flügeln. Immer das Gute in jedem noch so verwirrten Geiste zu sehen, war einer von so vielen göttlichen Gaben, die gegeben ihr aus dem Herzen in die Welt strahlte, dem großen Schauspiel mit Gewinnern und Verlieren. Wer die Regeln des Spieles beherrschte, verstand Zug um Zug. Frei im Geiste, erwärmt im Herzen, genossen sie jede Minute, die sie zu teilen im Stande waren. In einer von Grauen und Qualen getriebenen Welt, das Gesetz des Starken geltend, kann es den Untergang bedeuten, Schwäche und Angst zu zeigen, geschweige denn diese in einen einsickern zu lassen und vergiftet zu werden. Gegen dies Toxikum gab es nur ein Serum, Anabel.

Zusammen lachten sie, zusammen aßen und tranken sie, zusammen weinten sie. Bis zu diesem einen Tage, der alles verändern sollte, aber dahin war noch Zeit.

Zu dritt standen sie in der Küche - Anabel, Pius und Vincenzo. Das Liebe wahrlich durch den Magen geht, diese drei exzellenten Hobbyköche zelebrierten es mehrere Male in der Woche. Stets großen Aufwandes verbunden, glichen die Festspiele der kulinarischen Genüsse abendlichen Freudenspiele des Gaumens.

»Reich mir bitte die Pfeffermühle.« bittet Anabel am Herd stehend den mit einem Weinglas in der Hand am Tresen lehnenden Vincenzo. Pius war eben am Schneiden einer Zucchini, dessen dünne Scheiben anschließend mit einer gut gewürzten Panade versehen, herausgebraten wurden. Während sie so Abend für Abend in der Küche zauberten, duftete die gesamte Wohnung nach den unterschiedlichsten Gerüchen. Knoblauch, Ingwer, Kreuzkümmel, Koriander, Oregano, Basilikum – ein Kampf der Gewürze in vollem Gange, jedes einzelne von ihnen wollte sich behaupten, der Geruch betörte die Sinne, ließ den Appetit anschwellen. Heiß und intensiv ging es am Herd zur Sache, gelassen, mal tiefschürfend und mal lustig die Dialoge währenddessen drum herum. Griechische Mezze mit reichlich Tzatziki stand heute auf dem Programm, dazu einen Chablis aus dem Burgund, welcher durch sein zartes Bouquet voller Feinheit und Eleganz besticht, sanfte, fruchtige und blumige Nuancen zum Ausdruck bringt. Nur allzu gern hätten Pius und Vincenzo Lamm oder Kalb, Fisch oder Meeresfrüchte verzehrt, sind ja Mezze ursprünglich eine Beilage derer gedacht, solch eine barmherzlose Speise fand jedoch niemals den Weg in die Hallen ihres heiligen Tempels, denn Anabel verneinte die Ekstase des Wahnsinns, wie sie es nannte, was unweigerlich die beiden zu Gleichgesinnten machte, im Grunde aber auch nicht wirklich bekümmerte, verstanden sie doch alle unvermindert geschmackvolle und beseelende Gerichte zu kreieren, alleinig mit Zutaten frei von jeglichem Leid. Gebratene Auberginen, panierte Zucchini, das berühmte griechische Ofengemüse Briami, Kalamata- und Koroneiki-Oliven, gefüllte Weinblätter, getrocknete Tomaten, mit Reis gefüllte Paprika und Pita in Hülle und Fülle, als Dips eine scharfe Knoblauchcreme und natürlich das berühmte griechische Tzatziki, alle Gerichte ausnahmslos frei von jeglichem tierischen Ursprung.

Den gesamten Abend verbrachten die drei kochend in der Küche, anschließend aßen und saßen sie bis tief in die Nacht zu Tische.

»Wenn es mir nur nicht so gut schmecken würde! Dieses zart angebratene, fein geschnittene Stückchen Kalbsfleisch, wie es weich und anschmiegsam, wie Butter in der Pfanne, auf der Zunge langsam dahinschmilzt.« Nachdem alle aufgegessen hatten und die drei noch Wein zu Tische tranken, bereits auch schon reichlich davon genossen, brachte Vincenzo diesen törichten Gedanken in die Runde ein, ohne wirklich darüber nachgedacht zu haben. Sollten es doch beide, Vincenzo und Pius, besser wissen, dieses leidige Thema nicht vor Anabel zur Sprache zu bringen, erspare doch die ein oder andere mühsame, als was sie es beide empfanden, Diskussion. Vincenzo stachelt nur allzu gern alles und jeden auf. Manchmal total willkürlich, manchmal ebenso vollkommen unbewusst.

»Hat dir das Mahl heute Abend nicht zugesagt, warst nicht du derjenige, der sich nicht von der Schwärmerei loseisen konnte?!« fragt Anabel nun mit einem etwas ernsteren Tonfall, als dies noch all die Stunden zuvor der Fall gewesen war. Sie besinnt sich jedoch sofort des Unruhestifters und zügelt ihr Temperament, kennt sie doch Vincenzos sarkastische Ausdrucksweise zur Genüge, wenn er etwas getrunken hatte. Nun amüsiert sie sich innerlich ihrer aufbrausenden Art wegen, steht auf um noch eine volle Flasche Wein aus der Küche zu holen, fasst Vincenzo, als sie hinter ihm vorbeigeht, mit beiden Händen auf seine Schultern, nickt und lächelt dabei: »Du bist ab und an ein gefühlloses Scheusal.« Auf Kritik reagiert er jedoch höchst empfindlich. Hier hatte sie seinen wunden Punkt getroffen. Innerlich begann er zu toben, als Anabel aus der Küche mit dem Wein zurückgekehrt war, konnte er seine Entrüstung nicht mehr verbergen.

»Was hast du da gerade gesagt?!« brüllt er sie nun an. Sichtlich geschockt, reißt es Pius aus seinem angeheiterten, leicht meditativen Zustand heraus. Anabel verschlägt es die Sprache, mit offenem Mund und weitaufgerissenen Augen steht ihr die Überraschung, der ihr entgegengebrachten Aggression wahrhaftig ins Gesicht geschrieben.

»Bitte noch einmal, wie hast du mich genannt?!« Und beide erkennen, Pius und Anabel, diese Situation könnte sich zu einer heiklen und unangenehmen Auseinandersetzung zuspitzen.

»Beruhige dich wieder, das hat sie nicht so gemeint.« versucht Pius den sichtlich wild Aufgebrachten zu besänftigen.

»Lass sie sich selbst hierzu äußern, sie ist alt genug.« will Vincenzo nun nichts mehr hören, außer eben die Worte, die sich tief in seinen berauschten Geist einbrannten und

33

diesen marterten.

»Hör zu...« beginnt Anabel »... eigentlich habe ich nur wiedergegeben, wonach die Wahrheit verlangt, derer du dich nicht im Stande siehst, diese zu sehen, sie zu akzeptieren. Du fügst anderen Leid zu und spielst dich dann so auf, als ob du der Geschädigte wärst. Doch weißt du ausnahmslos, tief in deinem Herzen, es ist falsch, dein Handeln und deine Reaktion auf die Feststellung derer. Dein unkontrollierter Geist, das gewissenlose Ego, ist schlau und differenziert die Gräueltaten, die den Tieren, der Natur, wie auch den Menschen angetan werden und deiner eigenen unbewussten Beihilfe hierzu. Dies ist auch die Urkrankheit auf diesem Planeten. Kein im Geiste gesundes Lebewesen wäre in der Lage mit einer solch bestialischen Art und Weise Leid und Unheil über andere zu bringen, wie dies wir Mensch im Stande sind. Die Gier jedes Einzelnen sorgt für unvorstellbare Schandtaten, welche wir in ein Licht der Notwendigkeit rücken. Im Grunde weiß jedes Lebewesen im gesamten Universum was richtig oder falsch ist. Ein zugefügtes Leid, aus welchen Gründen auch immer, ist nicht tolerierbar und im höheren Sinne, jedem einzelnen von uns Menschen, seiner Idiotie bekannt. Und scheinbar lernen wir kein bisschen dazu. Die Geschichte sollte uns doch eines Besseren belehren, doch lernen wollen wir nur, was uns beliebt. Somit wird jeder die gleichen Fehler immer und immer wieder machen, bis er im Stande sein wird, diese als solche zu erkennen und diesen Weg nicht mehr zu beschreiten, weg vom dunklen Pfad des Unrechts, hin zum Leuchten der Gerechtigkeit.«

»Wenn du nichts aus deinen Fehlern lernen solltest, mach erst gar keine.« schiebt Pius nebenbei ein. »Ich bin genauso töricht wie du, Vincenzo, vielleicht sogar noch ein wenig törichter, aus diesem Grunde, da ich mir meiner Handlungen vollkommen bewusst zu sein scheine, ich die

34

Ungerechtigkeiten aber gekonnt auszublenden vermag, während ich diesen gierig nachlechze, angefacht meiner Lust wegen, tagein, tagaus.«

»Ihr Weltverbesserer, klagt an, immerzu mit erhobenem Finger mahnend eurem Gegenüber deren vermeintliche Schuld darzureichen.« gibt Vincenzo erbost von sich. »Ich will mir nicht nehmen lassen, wonach mir beliebt, wonach des Menschen Natur gegeben. Wenn ich es als meines Mahles, ich als Raubtier, dieses als Beute betrachte, im Kampf des Überlebens, meine Kraft triumphierend, mein Leben durch sein gegebenes fortbestehen darf, so war ich doch nur der intelligentere und erfolgreichere Jäger. Ein Tier als eine Ware zu betrachten, dem kann und will ich auch nicht beipflichten, ein selbsterlegtes Stück Lebenskraft ist jedoch nur Teil des auf Erden, seit Urzeiten bestehenden Kreislaufes.«

Anabel muss kopfschüttelnd dem vehement entgegentreten: »Wenn es nichts zu essen gäbe, tief im Norden alles unter Schnee und Eis begraben, sich keine andere Möglichkeit bietet der Kälte trotzend sich zu wärmen, kann es durchaus als legitim betrachtet werden, sich eines Wildes Fleisch und Felles zu bemächtigen, um seines eigenen Lebens willen.«

Hier fährt Vincenzo ihr nun ins Wort: »Und eben dies meine ich, du tolerierst den Verzehr, zwar unter bestimmten Umständen, aber doch widersprichst du deiner Aussage...«

»Somit hast du mir nicht richtig zugehört...« unterbricht nun auch Anabel »...wie du selbst schon sagtest, sind die Umstände ausschlaggebend hierfür. Selbst wie ein Tier zu leben, macht dich zwangsläufig auch zu einem Tier. Du bist dann auch Teil dieses Kreislaufes von fressen und gefressen werden. In tiefer Wildnis bist du Jäger und Beute

35

zugleich, im Supermarkt lediglich ein von Dämonen besessener Konsument. Der Mensch ist geblendet von all den Gütern, die ihm Heil und Zufriedenheit bescheren sollen. Allen voran die Nahrung, sorgt diese doch täglich schnell und effizient für die Besänftigung des Körpers und die Betäubung des Geistes. Doch wieviel Leid in ihr steckt, von dem ersten Glied der Kette, der Entstehung, bis hin zum letzten, dem Teller des Verbrauchers, kann nicht als vernünftig erachtet werden, wurde diese doch mit so viel Schande angehäuft, dass kein Quäntchen Licht mehr innewohnt.«

»Hier kann ich Anabel nur zustimmen und sollte mich meiner Handlungen wegen in Grund und Boden schämen!« bestärkt nun Pius ihren Standpunkt. »Wir sind, du und ich, beide egoistische Unmenschen, denen ihr eigenes Wohl über all den anderen steht, ob wir es nun wahrhaben wollen oder nicht.« Er wollte sich weder bei Anabel hofieren, noch bei Vincenzo in Ungnade fallen, war es doch einzig und allein die Wahrheit, die ihm aus dem Munde quoll.

8

In einem kleinen Café sitzen Pius und Vincenzo.

»Denkst du es hat alles verändert?« fragt Pius sein Gegenüber.

»Wie mögest du dir anderweitig erklären, ohne einer Nachricht hinterlassen zu haben, von heute auf morgen, wie vom Erdboden verschlungen zu sein.«

Beide saßen bereits geschätzte fünf Minuten bei einem

Espresso, schlürften das schwarze, aus dunkel gerösteten Kaffeebohnen zubereitete Getränk, ehe eben das Gespräch eröffnet wurde. Mehr als eine Frage und der darauffolgenden Antwort waren die beiden aber nicht im Stande zu äußern. Schweigend starrten sie auf den kleinen, runden Bistrotisch, die zwei Espressotassen mit ihren Untertellern darauf, erhoben die Blicke, der Augenkontakt währte lediglich einen kurzen Moment, ehe sich jeder mit dem Kopfe wieder tiefniedergeschlagen nach unten senkte, der mutmaßlichen Wahrheit keiner Gelegenheit aus dem Munde des anderen nur im Entferntesten hören wollte, sich demzufolge nicht der Gewissheit bekennen mussten, dass kein Funken der Hoffnung mehr zu bestehen schien. Wären noch andere Gäste anwesend, diese würden die zwei schweigenden Gestalten wohl als die niedergeschlagensten und traurigsten Wesen weit und breit betrachten. Keiner schenkte ihnen aber auch nur ein wenig Mitleid, war außer dem Kellner niemand anwesend, der sowieso vertieft in einer Zeitung lesend seinen Geist im Leid anderer suhlte und für nahestehendes keinen Blick hatte. Eine quälende Leere durchdrängte die beiden. Wer ärmer dran war, kann nicht genannt werden, ist doch ein gebrochenes Herz gleich dem anderen. Da kann wahrlich nicht behauptet werden, geteiltes Leid sei halbes Leid. Wer einmal so gelitten hatte, dem helfen nicht die Lasten oder Qualen anderer. Alles drehte sich um die eine Frage, immer und immer die einzige verdammte Frage: *Warum!* Warum hat sie uns verlassen? Was würden sie nur dafür geben, der Antwort Bescheid zu wissen, um dann alles daran zu setzten, geliebtes wieder zurückzuholen.

Vincenzo steht auf, den Kopf immer noch gesenkt, legt sich den Mantel um, blickt Pius kurz in dessen Augen, wo sich seine eigene zerrüttete Seele widerspiegelt, wendet

37

sich voller Entsetzen ab, dreht sich schnell um und verlässt das Café zügig und ohne weitere Worte. Anteilnahmslos nimmt Pius dieses Verhalten seines besten Freundes war, sitzt doch der Schock zu tief, dem außen weitest Gehenden zu folgen. So sitzt er noch einige Minuten still und alleine da. In seinen Gedanken gefangen, blass im Gesichte, will und kann er noch nicht ganz begreifen, warum Anabel weg ist. Als er seinen Kopf hebt um nach Antworten zu suchen, realisiert er erst in vollem Umfange, dass Vincenzo gegangen war. Ein Vierteljahrhundert soll es dauern, bis sich die Wege von Pius und Vincenzo wieder kreuzen werden.

9

»Traust du dich noch einmal gegen mich ins Felde zu ziehen, eine weitere Partie Schach, nach der vernichtenden Niederlage der letzteren?! Das nenne ich Kampfgeist.« gibt sich der von letztmaligem Siege immer noch hocherfreute Triumphator selbstbewusst.

»Heute nicht, lehne dankend ab!« nimmt Pius seinem Nachbarn ein wenig den Wind aus den Segeln, was diesen aber nicht wirklich zu stören scheint, zieht er ihn doch nur ein ums andere Mal ein wenig auf. Ein bisschen in der Wunde bohren, nicht dass es dem eigenen Ego Auftrieb verleihen sollte, wohl eher Spaß bereitet mitanzusehen wie entzweit und wütend er in der Stunde der Niederlage sich innerlich kaum zu bändigen im Stande war. Doch bleibt es nur ein Spiel, gleich dem des Lebens. Die Lächerlichkeit dieses Trugbildes, Gewinnen und Verlieren, will er ihm nahebringen. Weder lehren noch mahnen, denn Erkenntnis kann nicht von außen, nur von innen heraus geschöpft werden.

»Was führt dich zu mir?« fragt er mit sanfter, fast schon väterlicher Stimme, als er merkt wie bekümmert Pius heute ist.

Ein beklemmender, ruckartiger Atemzug von Pius, gefolgt einem bedrückten Seufzer soll die Mauer des Schweigens durchbrechen. Ohne sich noch länger im Geiste zu martern, öffnet er nun sein tiefstes Inneres und erzählt ihm vom Besuch bei Vincenzo tags zuvor.

Pius wusste lange Zeit seines alten Freundes Machenschaften, all der Verbrechen. Ein unsichtbares Band verband sie über all die Jahre, wie es ihm schien, bestätigt bekam er es aber erst im Angesicht seines neuerklärten Antagonisten. Zwiegespalten zwischen Freund und Feind, gefangen in dem süßen Traum von gestern, stand er einem übermächtigen Rivalen gegenüber, sich selbst.

»Diesen Weg hat sich Vincenzo selbst ausgesucht. Nun liegt es an dir, Pius, wie viel eine vielleicht längst beendete Freundschaft noch wert sein mag. In der Waagschale lässt sich Geschehenes niemals mit Gegenwärtigem abwiegen. Es mag eine schöne Zeit, wahrscheinlich die schönste Zeit in euer aller Leben bedeutet haben, von dieser Erinnerung alleine lässt sich aber kein neues Imperium der Glückseligkeit errichten.«

»Vor diesem Augenblicke habe ich mich all die Jahre gefürchtet. Je mächtiger er wurde, desto wahrscheinlicher war ein Wiedersehen an der Front der Gerechtigkeit. Das erste Gespräch ist mehr oder weniger im Sande verlaufen, keine Kugel des Verdrusses wurde abgefeuert, aber auch kein Feuerwerk des Entzückens gezündet. Ein Abtasten der Absichten des Gegenübers und des Erspürens eines

39

womöglich noch vorhandenen Bandes einer Freundschaft. Sehr angespannt war die Luft im Raume, keiner sich genau im Klaren seine Gefühle recht einzuordnen. Irgendwie freute ich mich anfangs auf das Treffen mit Vincenzo, als ich dann aber vor ihm stand, waren all die Erwartungen, die Aufregung, die Vorfreude im Nebel der nüchternen Realität wie eine Seifenblase zerplatzt. Ihm habe ich selbige Enttäuschung angesehen. Mal sehen wie das nächste Treffen verlaufen wird.« Nun entspannt sich allmählich sein Geist, die Gedanken werden ruhiger. Wie sehr ihn doch diese Gespräche, auf dem Couchsessel sitzend, mit seinem Nachbarn beruhigen.

»Eines lass dir aber gesagt sein …« spricht der Nachbar. »…sei stets auf der Hut, denn du darfst nie vergessen mit wem du es zu tun hast. Ein falscher Zug, verursacht einer kleinen Unaufmerksamkeit wegen, kann deines und gleichzeitig auch sein Ende bedeuten. Vielleicht kannst du ja euch beide retten, welches durchaus ein schwieriges Unterfangen darstellt. Wie ich Vincenzo aus alten Tagen noch in Erinnerung habe, temperamentvoll und jähzornig, gepaart mit seiner gegenwärtigen Herrschaftsgewalt, welche er niemals abzulegen im Sinne hat, wird die ganze Angelegenheit in einem Inferno enden. Eines kühnen Planes bedarf es nun von dir Pius, dich zu retten, so Gott will auch Vincenzo, denn eines steht außer Frage, er wird sich dir niemals beugen.« Tief zufrieden ihm geholfen zu wissen, schenkt er in seines und anschließend in Pius Glas ein, lehnt sich zurück und fragt ihn nochmals einer Partie Schach wohlwollend gesinnt zu sein. Pius willigt ein, verliert die erste Partie und gewinnt die Revanche.

10

Große Marmorsäulen säumen den Eingang zu diesem frivolen Etablissement. Erst nach Durchschreiten der schwarzen Stahltüre, die in nichts der einer Lagerhalle, seine vorangegangene Nutzung, nachstand, breitet sich dem Auge ein in weiß gehüllter Tempel aus. Neben den ersten Säulen standen zwei kräftige, großgewachsene, dunkelhaarige Männer, beide in schwarze Hemden und Sakkos gekleidet, die jeden hereintretenden Gast anhielten und kritisch mit ihrem emotionslosen Blick prüften. Voller Ehrfurcht ließen die meisten Besucher diese Prozedur über sich ergehen, waren sie doch mehr oder minder dazu gezwungen, wollten sie ja alle beiwohnen, diesem ausschweifenden Treiben. Oft wartete das elitäre Fußvolk bis zu einer Stunde auf die Zuteilung eines freigewordenen Tisches, Reservierungen wurden keine angenommen, lediglich die Wichtigkeit des jeweiligen Gastes konnte dafür sorgen, diesen umgehend ins Innere dieses Gourmettempels zu schleusen. Diese Persönlichkeiten durften dann eilends an der Bar bei Drink und Antipasti Platz nehmen und auf das Freiwerden eines Tisches warten. Jener Klub war das glänzende Juwel, das Flaggschiff eines imposanten Untergrund Reiches, wo der Direktive der Eintritt verwehrt wurde, die alten Traditionen fortbestanden, auf Gedeih und Verderb. Hier begann der unaufhaltsame Aufstieg eines alleine auf Profit orientierten Unternehmens, an seiner Spitze ein alleiniger Herrscher. Gerne schlendert dieser durch die Räumlichkeiten seines Prunkstückes, hält hier und da, begrüßt bedeutende und einflussreiche Leute aus Politik, Kunst, Wirtschaft oder Sport, alle waren sie dankbar seiner Arbeit wegen. Als ein Verfechter des freien

Genusses sieht er sich selbst, in einer von Doktrinen zerfressenen Gesellschaft. Hier wird getrunken und gelacht, es spielt Musik, allabendlich eine Band, zu hören sind Jazz und Blues Klassiker der 20er und 30er Jahre wie Louis Armstrong, Duke Ellington, Count Basie, Dizzy Gillespie, Bessie Smith oder Benny Goodmann. Champagner fließt in Strömen, es werden teure Zigarren geraucht, die Stimmung ist ausgelassen. Prunkvolle Kronleuchter hängen von der gewölbten Decke, große Palmen ragen an den Wänden zwischen den Tischen empor, am Anfang und Ende der langgezogenen Bar stehen marmorne Statuen von nackten Frauen, die mit ausgestreckten Armen gen Himmel einen Weinkrug strecken, die Fülle sollen sie dankend in Empfang nehmen. Runde Tische mit bis zu Maximum vier Stühlen decken hier jeden freigebliebenen Zentimeter ab, recht eng wirkt es auf den ersten Blick, ist es doch immerzu bis auf den letzten Platz gefüllt. Diese einstmalige, für lange Zeit leerstehende Lagerhalle wurde stilvoll zu einem mondänen Ort des kulinarischen Verweilens gehobener Klasse umfunktioniert. Keiner kann sich hier mehr gestapelte Kisten vorstellen, welche mittels Gabelstapler rein und raus, vom einen zum anderen Platz gehievt werden. Den ganzen Abend bis tief in die Nacht wird hier den verschiedenen Gaumenfreuden des Haubenkoches in höchsten Tönen gehuldigt. Ob Lamm, Kalb, Schwein, Wild, Geflügel oder Fisch, des Koches Hingabe zu perfekt komponierten Gerichten verleiht jedem einzelnen dieser Totenmahle eine aus seiner Sicht gebührende letzte Darbietung ihrer Daseinsberechtigung. Ab und an steht der Herrscher dieses Reiches selbst noch mit scharfen Messern vor heißen Pfannen in der Küche, filetiert, bardiert, bridiert, brät, dämpft, dünstet, röstet, farciert, grillt, gratiniert, mariniert, souffliert, tranchiert, und garniert zuletzt des Gastes Wunsch, setzt diesen perfekt in Szene, versucht dessen Sinne in einen Bann zu ziehen, all diese zu betören.

Am Ende der Bar steht er, Vincenzo, mit einem Glas Whiskey und beobachtet das rege Treiben der Menschen unter seinem Dache, die zahlreichen Gäste, welche alle unterschiedlicher nicht sein könnten und doch alle etwas gemein haben, die Gier des verbotenen Genusses. Die eilenden Kellner nehmen Bestellungen auf, huschen zwischen den besetzten Stühlen der Gäste hindurch, an der Bar vorbei und verschwinden inmitten der hölzernen Schwingtüre, welche nur Sekunden später ein ums andere Male in die entgegengesetzte Richtung erneut aufgestoßen wird und der nächste Kellner, vollgepackt mit mehreren Tellern, den Gang von der Küche zum Gast antritt. Der Blick die Bar entlang, manche ungeduldig wartend auf einen freien Tisch, manche tief entspannt, versunken in Gedanken, stehen einige angelehnt, andere sitzen auf ihren Barhockern. Getrunken, geraucht und zwischendurch einen kleinen Bissen der bereitgestellten Antipasti, welche Pasten und Saucen zum Dippen, Oliven, sonnengetrockneten Tomaten und Artischocken, zusammen mit kleinen Stücken Ciabatta oder Baguette für die Hungrigen bereithielt. Aufgeregt waren jene, welche das erste Mal hier zu Gast, abgebrüht hingegen die immer Wiederkehrenden. Diese Stätte der ausschweifenden Genussorgien wurde bis dato noch nicht heimgesucht von dem rechtschaffenden Arm der Justiz, welcher hier zu Dutzenden ein und aus ging, der Leib zur Sperrstunde genährt, die Sakkoinnentasche mit einem dicken Kuvert ausgebeult wieder verließ. Den Schutz der Obrigkeit, ob Richter, Politiker oder Polizei, Vincenzo ließ jeden an dem einträchtigen Geschäft seines Unternehmens teilhaben, den einen mehr, den anderen weniger, einzig allein auf den eigenen Vorteil bedacht, den Löwenanteil jedoch dem Löwen selbst zugesprochen wurde. Diese mehr als üppigen Zuwendungen versprechen ihm aber durchaus mehr als nur Sicherheit. Ein Monopol wurde ihm zu Füßen gelegt, alle aufstrebenden Mitbewerber vernichtend zerschlagen, kein Aufflackern war von diesen Flämmchen mehr zu erwarten. Unantastbar fühlte er sich in einem aus Freud und Leid geschaffenen Traum, der sich aber nicht wie ein angenehmer anfühlte. Wie weit kann er die Leiter noch hinaufklettern, ohne an der immer dünner werdenden Luft ersticken zu drohen?

11

Ins Büro des Hauptkommissars wurde das neu zusammengestellte Team zitiert. Katharina und Pius, hier sitzen sie nun, wartend auf ihren Vorgesetzten. Katharina immer noch in Gedanken an vorherig Geschehenes bei Vincenzo Farelli in der Bar. ›Was hat Pius mit ihm besprochen? Hätte ich im Auto auf der Fahrt hierher danach fragen sollen, oder sollte ich ihn doch auf mich zukommen lassen, da sicherlich der eine Partner dem anderen alles anvertraut?! Ich werde einfach nicht schlau aus diesem Mann, der auf den ersten Blick den Eindruck eines verschlafenen Professors in mir weckt. Einer der zweimal darüber nachdenkt, hinreichend im Geiste abwägt, ehe er sich auf etwas festlegt. Nachher werde ich ihn definitiv danach fragen.‹

Der Hauptkommissar betritt lauten und zackigen

Schrittes das Büro, lässt die ruckartig aufgerissene Türe hinter sich zuschlagen, setzt sich auf seinen Bürosessel, sieht zuerst Katharina in die Augen, schwenkt den Blick zu Pius, öffnet währenddessen die oberste Schublade, entnimmt der darin liegenden Zigarettenschachtel eine Zigarette und zündet sie sich an. Katharina blickt fragend zu ihrem Partner hinüber, der aber entspannt und gelassen auf das eröffnende Wort wartet. Nach zwei, drei Zügen an der Zigarette, immer noch kein Wort von sich gegeben, bietet er auch Pius eine an, der dankend annimmt, Katharina dem Angebot zuvorkommend hingegen ablehnt.

»Nun…« beginnt der Hauptkommissar »…steht die Leiche aus dem Kofferraum in irgendeiner Verbindung zu Vincenzo Farelli?«

»Durchaus!« schießt die Antwort aus Katharinas Mund. Fragend blickt der Hauptkommissar zu Pius hinüber, der stillschweigend dem zustimmt.

»Auf wen ist das Auto zugelassen?« fragt er weiter.

»Als gestohlen gemeldet.« erwidert Katharina.

»Verstehe. Das Gespräch bei Herrn Farelli etwas ans Licht gebracht?«

Nun bricht Pius sein Schweigen: »Leider nein.«

Katharina kneift ein wenig die Augen zu und beißt leicht ihre Zähne zusammen als sie zu ihm hinübersieht, als verwünsche sie ihn, hat er ihrer Meinung nach, ihr nicht die nötige Rückendeckung beim Herrn Farelli gegeben. Dies lässt ihr jetzt immer noch keine Ruhe, diese Ungeduld treibt sie noch zur Weißglut. Sie sammelt sich kurz, atmet leise einmal tief ein, sodass keiner der zwei diese Gemütserregung bemerke, und schafft es auch sich sogleich zu beruhigen. Sie sagt nichts dazu.

»Also dann, macht euch wieder an die Arbeit.« schließt der Hauptkommissar das Gespräch und widmet sich seinen Unterlagen, die er auf dem Schreibtisch liegen hat.

»Und übrigens…« hebt er noch einmals den Kopf, blickt ermahnend zu Pius »…hier ist ein Aschenbecher!« und deutet mit seinem linken Zeigefinger auf den selbigen.

Als wir zurück in meinem Büro sind fragt mich Katharina, was ich und Vincenzo Farelli denn alleine zu besprechen gehabt hätten. Am liebsten hätte ich die Karten sofort offen auf den Tisch gelegt, hatte sie doch etwas so Vertrauenswürdiges, eine angenehme Art, die es vermochte oder versuchte, schlüssig bin ich mir dessen noch nicht ganz, mich aus meiner Reserve zu locken. Aus mir unerklärlichen Gründen wollte sie sich hart und unerschütterlich darbieten, ich spürte aber ein Schauspiel, glaubte eine Fassade zu erkennen. Immer wieder funkelte ihr grenzenlos liebevolles Wesen durch, etwas in ihr aber sofort einen Wall zur Abschottung auffuhr, als sie sich selbst dabei ertappte, ihrer Ansicht nach sie dadurch zu schwächeln begann. War es ein wunder Punkt, den sie zu kaschieren versuchte oder womöglich irgendeines ausgeklügelten Planes Fährte legte? Noch kann ich es nicht sagen, spüre jedoch deutlich, sie ist nicht wer sie vorgibt zu sein. Ihre Intentionen liegen noch im Verborgenen, dem werde ich aber auf den Grund gehen.

Alles erzähle ich ihr dann doch nicht, die Jugendfreundschaft zwischen mir und Vincenzo, sowie an unbedeutenden Inhalten des Gespräches in der Bar lasse ich sie durchaus teilhaben. Dass ich ihn ermahnt und gleichzeitig gewarnt habe, Mächtige wollen seinen Kopf rollen sehen, nachdem ein Leichnam im Kofferraum eines gestohlenen Wagens gefunden wurde, welche bei vielen das Fass zum Überlaufen gebracht hatte, behielt ich selbstredend für mich. Wie vermutet hat sie mir nicht geglaubt, obwohl ich alles versucht habe meine Erzählung bestmöglich zu verkaufen, ein guter Geschichtenerzähler war ich aber noch nie. Zuerst muss ich mir im Klaren sein, wie es mit Vincenzo weitergehen soll. Auch muss ich ganz genau über ihre Absichten Bescheid wissen. Viele offene Fragen, denen die Antworten noch schuldig bleiben.

12

Bei gemütlichem Beisammensein, einem opulenten Mahl zu Tische, ein edler Tropfen in den Gläsern, genießen die vier Aktivisten erster Stunde ihr wöchentliches Treffen. Einer von ihnen Katharina. Als es noch erlaubt war, sich den frevelhaften Genussorgien hinzugeben, ohne hierfür belangt zu werden, wie dies heutzutage der Fall ist, waren bereits alle von ihnen Feuer und Flamme für den damals noch bevorstehenden Paukenschlag, wie er nur von Gleichgesinnten auf höchster Ebene veranlasst werden konnte. Vor langer Zeit noch als Utopie bezeichnet, ihre Verfechter als Illusionäre, heute Visionäre. Aber alle Menschen, mag man sich nur der langen Geschichte zurückerinnern, welche Gutes in dieser oft so abgrundtief bösen Welt verrichten wollten, standen anfangs vor verschlossenen Toren, vergebens um Einlass in die Herzen der Geblendeten bittend. So auch Katharina, die bereits von ihrer Mutter auf den gerechten und tugendhaften Pfad der Vernunft geführt wurde, zuzuschreiben ihr selbstständiges Denken und großes Mitgefühl ihrer Erziehung. Noch nicht allzu lange her, marschierte sie friedlich Seite an Seite mit Menschen aller Schichten, jeden Alters, aller Konfessionen, aller Hautfarben - des tiefen Mitgefühls wegen - einer besseren Zukunft entgegen. Und wahrlich,

47

es änderte sich etwas. Die Menschen begannen umzudenken, natürlich nicht alle, denn schwarze Schafe gibt es in jeder Herde. Doch die Masse wollte und konnte an diesem Verbrechen nicht mehr teilhaben. Lange genug ist das Blut Wehrloser geflossen. Die Schreie sollten verstummen, zumindest mehrheitlich.

Als alle bereits gegessen hatten, sie munter untereinander die Neuigkeiten der vergangenen Woche aus Privatleben und Arbeit austauschten, richtet Joshua, bester Freund von Katharina, folgende Frage an die Gastgeberin.

»Übrigens, wie ist es dir denn an deinem neuen Arbeitsplatz ergangen?«

»Frag nicht!« schnauft Katharina, rückblickend der Woche erinnernd.

»So, schlimm?« »Nein, irgendwie nicht so schlimm, aber ihr kennt das doch, eine neue Umgebung, neue Kollegen, allen voran ein neuer Partner; denke, nach ein paar Wochen legt sich das.«

»Erzähl von deinem neuen Partner, ist er gutaussehend?« fragt Marta.

»Er ist alt, überhaupt nicht mein Typ und außerdem passiert mir das nicht noch einmal. Vor allem nicht mit solch einer Art von Mann, der in sich verschlossen seinen Kummer zu ertränken versucht. Nett ist er durchaus, aber er verschweigt mir etwas. Gleich an meinem zweiten Arbeitstag besuchten wir Vincenzo Farelli in einer seiner Bars…« »DER Vincenzo Farelli?!« unterbricht Joshua die Erzählende ganz neugierig und gespannt. Nun sind alle sehr hellhörig geworden. Marta nippt noch hastig an ihrem Rotweinglas um anschließend ruhig und aufmerksam den Ausführungen von Katharina zu lauschen. Gleiches bei Ornella, nur Joshua bleibt nach seiner Unterbrechung

48

reglos sitzen und wartet ungeduldig auf die Fortführung des Geschehenen, sich ein wenig zügellos vorkommend, so ungestüm Katharina unterbrochen zu haben.

»Entschuldigung meiner Unterbrechung wegen, fahr bitte fort!«

»Ja, es handelt sich um DEN Vincenzo Farelli. Wir gehen also in eine seiner Bars, am Ende dieser saß er da und schlürfte Espresso. Mein Partner, Trappel sein Name, kannte Herrn Farelli. Und nicht wie wir alle sein Bild aus den Medien kennen, eine alte und gute Bekanntschaft wies auf die Art und Weise hin wie sich die beiden miteinander unterhielten. Eine gewisse Vertrautheit lag in den Worten die sie wechselten. Nur wenige konnte ich vernehmen, da ich mich umgehend in das Gespräch einbrachte und sogleich meines Partners des Raumes verwiesen und mich alleine im Wagen wiederfand, wo ich warten musste, wie ein ungezogenes Kind, welches etwas angestellt hatte. Als er nach einigen Minuten herauskam, hätte ich ihn eigentlich nach den Einzelheiten des Gespräches fragen sollen, ich war jedoch so aufgebracht, dass ich mich zuerst innerlich beruhigen musste und besser nichts sagte. Auch meine anschließend passive Haltung war bewusst gewählt, dachte ich doch, mein neuer Partner würde mir alles im Detail erzählen; falsch gedacht. Später erzählte er mir dann doch was die beiden zu besprechen hatten und wie er zu ihm stehe. Eine alte Jugendfreundschaft verbinde die zwei, sie sich anscheinend aber seit Jahren nicht mehr gesehen hätten.«

»Erzähle mehr von Vincenzo Farelli, ist dir in seiner Gegenwart nicht das Blut in deinen Adern gefroren? Ich meine bei einem Menschen, dem vorgeworfen wird unzählige Verstöße gegen alle möglichen Gesetze, Korruptionsvorwürfe, sogar Vorwürfe des beauftragten Mordes. Mit solch einem Menschen in einem Raum, dieselbe Luft

49

zu inhallieren, alleine das Atmen wäre mir schwergefallen.« sagt Ornella.

»Mein Blut hat gekocht, am liebsten wäre ich diesem Verbrecher sofort an die Gurgel und hätte diese nur allzu gern aufgeschlitzt, wie einem Schwein auf der Schlachtbank.« Wieder blitzt die gleiche unbändige Aggression in ihren Augen auf, wie Tage zuvor im Angesicht ihres Feindes.

»Kannst du böse sein!« entgegnet Joshua seiner temperamentvollen Freundin. »Sein Schicksal ist bereits besiegelt, mit dir als Ermittlerin kann er nicht mehr lange so weitermachen. Seine Tage sind gezählt.« ermutigt er sie, Vertrauen in die nahe Zukunft zu haben, sind ihr ja gegenwärtig die Hände gebunden, nur tatenlos dem Geschehen zusehen zu können.

Da fragt Marta: »Hast du eigentlich von Cornelius wieder einmal etwas gehört, der soll doch sein Büro in eurem Komplex beheimaten?«

13

›Was fällt ihm ein, unangemeldet bei mir aufzutauchen, nach all den Jahren. Er könne nun nicht mehr wegsehen, der Druck sei zu groß, ich sollte mich vorsehen und etwas kürzertreten. Diese Anmaßung! Er hat Geschehenes leichter durchgestanden, wie mir vorkam. Aber doch hat es wieder gutgetan, ihn zu sehen. War es doch mein Verschulden ihn zu meiden, nachdem sie weg war, aber alles an ihm erinnerte mich eben so sehr an sie, an unsere Zeit, ich wollte vergessen. Als ich Pius heute sah, riss eine längst

50

geglaubt geheilte Wunde wieder auf. Freude und Schmerz stiegen aus dem Sumpf des Vergessenen und wirbelten Kopf an Kopf empor, hauchten mir wieder Leben ein. Seit all den Jahren spürte ich wieder Leben in mir, Pius sei Dank, aber nun muss er sterben.‹

Vinzenco sitzt an selbigem Platz, an welchem er Pius empfangen hatte, schwenkt sein Whiskeyglas, sieht fragend hinein. Nach kurzer Zeit blickt er gerade aus, ins Nichts, sucht nach einer Antwort, hadert mit sich selbst. Er nimmt den Telefonhörer, wählt eine Nummer und teilt der Person am anderen Ende der Leitung mit, ein Treffen mit Pius zu vereinbaren.

14

›Nun will er also meinen Kopf. Diesen Zug habe ich kommen sehen. Wie ein kleines Kind, will er mit etwas nicht mehr spielen, stößt er es am liebsten ab, alles was ihn emotional aufreibt, war ihm immer schon ein Widerwille. Den Weggang Anabels hat er bis heute nicht verkraftet, ich sah es in seinen Augen, dieser Schmerz flackte auf, als er mich sah, wollte mich mit ihm ins brodelnde Feuer des Verderbens reißen. Gebrannt hat aber auch mein Herz, all die Erinnerungen plötzlich wieder kristallklar und präsent, als ob es wieder wie damals gewesen wäre. Mein Verstand hat sich aber besonnen, verwehrte den Fall der Gefühle in unendlichen Kummer, so wie es um Vincenzo bestellt war, über all die Jahre. Mit welch unvorstellbaren Qualen er sich plagte, wurde mir jetzt wieder bewusst. Und doch entflammt heute in jedem Gedanken an damals auch mein Seelenschmerz. Freude gepaart des Leides. Freude der schönen Erinnerungen wegen, des Leides diese längst vergangen. Ich erinnere mich noch an den Tag, als wir beide diese unbeschreiblich attraktive Frau kennenlernten. Mit seinem Charme umgarnte er sie von der Stelle weg. Meine Taktik sie zu erobern beruhte auf des schweigenden, mysteriös und dadurch unwiderstehlich interessant wirkenden Fremden, um auf mich aufmerksam zu machen. Ein langes rotes Kleid bis zu den Knöcheln, rote, halboffene Stöckelschuhe stützten ihre heiße Statur, die Brüste fest und rund, welche ihr eine aufreizende und verführerische Erscheinung verliehen. Lange, gelockte brünette Haare ließen dem erotischen Hauch dieser Frau eine zarte Seite beiwohnen. Aber ihre Augen waren der Quell des göttlichen, tiefen Grüns, endlich und unsterblich zugleich. Unsere Sinne waren erhitzt, im selben Augenblick in einen wohlfühlenden benommenen Zustand versetzt. Keiner von uns sollte sie erobern, sie eroberte uns. Ihr Name war Anabel. Mit meinem Tod denkt er, kann er die letzte Brücke der Erinnerung einreißen. Diesen Gefallen würde ich ihm nur allzu gerne erfüllen, doch muss ich ihm diesen leider verwehren, liegt es doch nicht in meiner Natur, kampflos das Feld zu räumen. Schmerzvoll wäre mir sein Leben auszulöschen, komme ich ihm seiner Absichten zuvor. Aber auch wenn es anders kommen sollte, so wäre es auch keine allzu große Tragödie. Fordert er Blut, so soll es fließen, ich werde bereit sein, meinem Schöpfer in der Stunde des Todes mit bestem Wissen und Gewissen entgegentreten. Wie es auch kommen mag, so sei es.‹

15

›Dieses eine Mal am See, wie töricht doch mein ungezügeltes Verlangen. Pius wird mein stiller Abschied, meine heimliche Flucht vor dem ungewissen Glück, noch eher verkraften können. Doch Vincenzo wird das Herz in tausende kleine Stücke zerspringen. Ist es selbstsüchtig der eigenen Angst sich nicht entgegenzustellen und davor wegzulaufen? Ist es die Angst vor der Liebe selbst, vor der ich im Stande bin mich abzuwenden, die mich so kraftvoll packen könnte, sodass ich nie mehr davon ablassen und die Angst vor dessen Verlust mir so viel Furcht bereitet, sich diesem Risiko von vornherein zu entziehen? Hoffentlich werde ich diesem Schritt in ferner Zukunft nicht allzu sehr nachtrauern. Mich zu entscheiden zwischen den beiden ist mir unmöglich, dies wäre aber früher oder später vonnöten gewesen und alsdann noch viel schwieriger eine Wahl zu treffen, als dies jetzt schon der Fall ist. Einen kurzen schmerzvollen Schnitt ziehe ich einem lang andauernden Leidensweg allemal vor, wird doch die Zeit sicherlich all unsere Wunden heilen.‹

Lieber Vincenzo,

folgende Zeilen werden dir leider nicht den nötigen Trost spenden können, welchen du benötigtest. Rest meines Lebens werde ich mit meiner ach so harten Entscheidung hadern müssen, doch ist es unser beider Gewinn, wenigstens einmal wahrhaftig geliebt zu haben und diese Liebe kann uns niemand mehr nehmen, sie wird überdauern alle Zeiten, noch fortbestehen, wenn wir alle

53

längst nicht mehr sind. Sie wird mir, und hoffentlich auch dir die dunklen Stunden unseres Lebens erhellen und die Hoffnung auf alles Gute aufrechterhalten.

Verzeihe mir!
Anabel

Lieber Pius,

du mögest mir verzeihen, mein so plötzlicher und stiller Weggang, doch du bist es nun, der stark sein muss, unser aller Willen, und sich um Vinzenco kümmern, er braucht dich jetzt am aller meisten. Du warst immer schon der stärkere von euch beiden, kümmere dich um ihn und halte unsere Liebe in Ehren.

Deine Anabel

16

Pius und Anabel schlendern die Straße direkt am Flusse entlang. Die Abenddämmerung bricht bereits über der Stadt herein. Ein kühler Sommernachtswind weht durch die Gassen. Arm in Arm begeben sich die beiden ins Café en Aveyron um sich mit Vincenzo zu treffen. Dieser wartet schon bei einem Glas Whiskey, starrt teilnahmslos - in

Gedanken versunken - zwischen den aufgetürmten Flaschen hindurch in den Barspiegel, sein Selbst an. Die Hände der beiden sinken langsam zu Boden, als sie die Bar betreten. Eine innere Wärme ergreift Vincenzo urplötzlich, sein Warten hat ein Ende. Er fühlt eine Geborgenheit bei Anwesenheit seiner beiden Freunde, er wusste dass sie in seiner Nähe waren bevor er sie sah. Deshalb drehte er sich auch nicht weg von der Bar, um die zwei zu begrüßen. Lieber war es ihm, den immer lauter werdenden Klang der näherkommenden Stöckelschuhe und den ebenfalls immer stärker werdenden sinnlichen Wohlgeruch von Anabel zu vernehmen, blumig und orientalisch, ein verführerischer Duft par excellence, mit einer Kopfnote aus Bergamotte, gefolgt einer Herznote aus Jasmin, Rose und Veilchen. Je lauter der Klang der Stöckel, je intensiver der betörende Geruch, desto näher musste sie sein.

»Entschuldigung der Verspätung wegen, wir genossen noch die lauwarme Abendluft. Hoffe du musstest nicht allzu lange auf uns warten.« begrüßt Anabel den nun hocherfreuten Vincenzo.

»Kein Problem, so hatte ich ein wenig Zeit zum Nachdenken. Wie geht's euch? Was wollt ihr denn trinken?«

»Uns geht's ganz gut, Danke der Nachfrage.« antwortet Anabel für beide und fügt hinzu: »Ich hätte gerne einen Gin Tonic. Und wie geht es dir? Deinem Strahlen nach prächtig.«

»Bestell mir bitte einen doppelten Whiskey.« schiebt Pius seinen Wunsch noch schnell der Antwort von Vincenzo vor.

»Ja klar.« Vincenzo bestellt die Drinks. »Wenn ich dich sehe, meine bezaubernde Anabel, reflektiert lediglich dein

Strahlen. Einmal deines Blickes getroffen, befällt einen sogleich eine aufhellende, zartschmelzende Wonne.«

»Du alter Charmeur, keines eleganten Komplimentes verwegen. Nehme ich doch die Schmeichelei dankend entgegen.«

»Genug der schmeichelnden Worte gesprochen, lasst uns am Tische Platz nehmen und das Mahl ordern, ich verhungere.« beendet Pius die Galanterie von Vincenzo.

Nachdem sie gegessen hatten, Pius und Vincenzo genossen jeweils ein Steak, blutig, vom Angus Rind, ihre leeren Teller tiefrot von dessen Fleischsaft, prophezeit ihnen Anabel eines der letzten Stücke tierischen Leides verzehrt zu haben. Pius, von schlechtem Gewissen geplagt, konnte sein Essen weniger genießen denn dies bei Vincenzo der Fall war. Stets ein Auge auf die Gemüseplatte von Anabel gerichtet, kaute er Bissen für Bissen sich Stück für Stück dem Zenit seines endlos marternden Gewissens entgegen. Vincenzo hingegen verspeiste mit Hochgenuss seine Mahlzeit und ließ keine bedrückende Laune aufkommen, sieht er sich ja vollauf im Recht. Anabel wollte eigentlich nicht immer mit der Moralkeule auf die beiden einhämmern, ein friedliches Miteinander war ihr höchster Seelenwunsch, welcher aber gestört der ihrer Meinung nach so törichten und eigennützigen Handlungen wegen. Was blieb ihr also über, als sich auf die Seite der Schwachen und Wehrlosen zu schlagen?! Pius hatte hierfür stets Verständnis, war er doch im Grunde nur einen Schritt ihrer Einstellung entfernt, noch zu ängstlich diesen auch zu wagen. Ethische Kriege gewinnt man eben nicht mit Bomben, deshalb will Anabel das Mitgefühl der beiden wachrufen, sie aus diesem verworrenen Traum erwecken.

An diesem Abend sollten auf Sicht des zukunftsweisenden Weges kein weiteres Gesprächsthema des frevelhaften Verhaltens der Massen geführt werden. Stattdessen gingen die drei tanzen, berauschten sich an Musik, Bewegung, des Zusammenseins und des ein oder anderen Drinkes.

17

»Wie konnte es denn nur so weit kommen, mein lieber Freund?!«

»Pius, Pius. Über all die Jahre hast du nichts von deinem Weltverbesserer-Image eingebüßt« Vincenzo nimmt einen kleinen Schluck von seinem Espresso, stellt die Tasse ganz langsam wieder in den Unterteller und fährt fort: »Bevor wir sie kennengelernt haben, warst du noch nicht vollauf von Doktrinen zerfressen, du lebtest dein Leben auf Gedeih und Verderb, wie ich es auch heute noch vermag. Du wurdest schwach in jenem Augenblick, als du ihr dein Herz schenktest, es an sie verloren hast, und dies deinen Verstand komplett benebelte. Der Weitblick ist dir entglitten, fortan wandeltest du im Dunst einer rosigen Benommenheit umher. Als sie dann weg war, hat sie dir beides genommen und eine leere Hülle zurückgelassen. All dein Schmerz spiegelt sich in mir wider, welchen du glaubtest längst überwunden zu haben, bricht jetzt über dich wie eine Welle herein und spült all die seelische Last an das Ufer der Gegenwart. So feinsandig wie damals wird dir die Zeit niemals mehr durch deine Finger rieseln.«

»Ich habe immer denselben wiederkehrenden Traum.

57

Wir drei sitzen an einem kleinen Tisch in einem Café, etwa diesem sehr ähnlich. Wir sitzen einfach so da, keiner spricht ein Wort. Es herrscht eine beklemmende, recht bedrückende Stimmung. Als Anabel aufsteht und im Stande ist zu gehen, öffne ich meinen Mund, versuche aufzuschreien, kein Laut ist zu vernehmen. Stumm und tatenlos entrinnt der Traum im Traum. Nacht für Nacht verliere ich sie aufs Neue. Wenn ich dann schweißgebadet erwache, hievt mich mein Verstand ins Glück, sobald ich erkenne geträumt zu haben, sie lediglich einmal und kein weiteres mal verloren zu haben. Sicherlich träumst auch du noch von ihr, von uns, unserer gemeinsamen Zeit. Eine klaffende Wunde ist zurückgeblieben, schloss sich weder bei mir, noch bei dir. Über all die Jahre bluteten wir aus. Wie stark auch noch dein Leid ist, deine Augen haben es mir verraten. Natürlich habe ich versucht zu vergessen, gelungen ist es mir aber nie. Es ist nicht so, als dass du die Erinnerung in mir geweckt hättest, still schlummernd war sie immer da und wird auf ewig fortbestehen. Das gute Gefühl konnte aber wieder einmal in mir aufleben, als wir uns begegneten. Die schönsten Momente habe ich nämlich mit euch beiden verbringen dürfen und diese bleiben auf ewig in meinem Geiste und meinem Herzen. Auch deine zynischen Worte können mir dieses gegebene Geschenk nicht mehr entreißen.«

»Dem mag durchaus so sein, meine Gefühle beherrschen dennoch nicht mein Handeln. Stark bleibe ich im Geiste. Du musst verstehen, die Vergangenheit ist wie die Zukunft, ein Schleier, welcher sich in Schweigen hüllt. Nichts Wesenhaftes ist daraus zu entnehmen. Je eher du dies einsiehst, desto früher wirst du Frieden finden. Durchaus huscht mir ab und an ein strahlendes Lächeln übers Gesicht, wenn ich mich unserer Zeit entsinne. Und

58

ich bin auch froh in die Vergangenheit mit Wohlwollen und voller Freude zu blicken, aber wie gesagt …« der Mund von Vinzenco bleibt halb geöffnet, ohne dass ein Laut diesen verlässt, die Stirn runzelt sich ein wenig und zieht die schwarzen Augenbrauen nach oben, seine Zunge bleibt an den oberen Schneidezähnen haften. Ohne seines Herzenswillens mächtig, erhaschte ein Funken Melancholie sein Gemüt, ehe er sich der kurzen Überwältigung seines Verstandes gewahr wurde, diesem wieder zu Sinnen gekommen sogleich entsagte, ein wenig über sich selbst erschrocken, den Mund wieder schloss und in die Augen von Pius mit einem etwas überraschten Gesichtsausdruck blickte.

»Wie du schon sagtest, kein Gefühl ist im Stande deine Sinne zu trügen.« schmunzelt Pius. »Und wie geht es nun weiter?«

»Ich mache was ich am besten kann, du machst was du glaubst tun zu müssen und versuchen, mich davon abzuhalten.«

Eine kurze Pause, eine bedrückende und angespannte Stille herrscht nun am Tische. Beide sehen sich gegenseitig in die Augen, wie ein wildes Tier dem anderen. Die Abwendung des direkten Blickkontaktes der Niederlage gleichkäme, starren sie wie zwei Wölfe, kein Weg am anderen vorbei, weder auf den Flanken, noch zurück, nur gerade aus, direkt hindurch den Widersacher. Sekunden verrinnen, werden zu Minuten, ehe Pius das nun schon kaum mehr auszuhaltende Schweigen bricht.

»Nun sitzen wir also hier zusammen, ein zweites Mal nach all den Jahren. Zwei alte Freunde. Doch hat sich das Rad der Zeit immer weitergedreht. Nichts ist wie es einmal war. Die Schlinge zieht sich immer weiter zu, so leid es mir auch tun wird, du wirst mir keine Wahl lassen, dich

59

aus dem Verkehr zu ziehen. Lange Zeit habe ich darüber hinweggesehen, nun wollen sie aber deinen Kopf. Das Spiel ist aus, noch kannst du als Sieger mit erhobenem Haupte vom Feld treten. Es ist einzig und alleine deiner Entscheidung Wille.«

»Die Münze hat aber auch eine Kehrseite. Was wenn du mich so weit in die Enge treibst, dass mir gar keine Wahl mehr bleibt, dich zu richten? Denn mir stellt sich keiner in den Weg, auch du nicht, mein lieber Pius.«

»So haben wir uns also ausgesprochen, friedlich haben sich das letzte Mal unsere Wege gekreuzt. Von nun an gibt es kein Pardon mehr, dein eigenes Grab hast du dir selbst geschaufelt. Mögen wir die Vergangenheit in Ehren halten, Anabel zuliebe.«

»Dein Untergang wird meine Auferstehung sein. Die letzte schmerzende Erinnerung werde ich mit dir auslöschen, sodass endlich Frieden in meinem Herzen weilt.«

»Wie wurdest du nur zu diesem unversöhnlichen Weltenfeind?«

Ohne darauf zu antworten, greift sich Vincenzo in die Innentasche seines Sakkos, ununterbrochen auf Pius blickend, zieht eine schwarze Sonnenbrille heraus und setzt sie sich auf. Während er sich langsam erhebt sagt er: »Ich wünschte, ich könnte von unserem Treffen behaupten es gäbe noch einen Strohhalm der Vernunft, an den wir uns klammern könnten. Aber weder du noch ich geben die Frontlinie unseres Egos kampflos auf. Bleibt nur zu hoffen, unsere Wege werden sich nicht wieder kreuzen.« Er bleibt noch für einen kurzen Moment stehen, blickt eindringlich zu Pius hinüber, der den Worten gleichgültig scheinend, tief entspannt dazusitzen pflegt und den Blick von Vincenzo ohne ein Blinzeln hart und energisch erwidert.

»Ciao Pius! Vale!«
»Lebe auch du wohl, Vincenzo.«

18

Es kann schon einmal zu später Stunde vorkommen, dass der Hauptkommissar bei Vincenzo Farelli auftaucht. Lange bleibt er aber nie. Nach ein oder zwei Drinks verlässt der Vorgesetzte von Pius Trappel wieder die gegenwärtig unantastbare Koryphäe aus dem Reich des Teufels. Wenn der Staatsanwalt von diesem Arrangement zwischen den Beiden wüsste, man kann es sich wohl denken, wie er darauf reagieren würde. Womöglich in Selbstjustiz verfallen, den faulen Apfel des nach außen hin so prächtig wirkenden Justizapparates pflücken und vollen Genusses zerdrücken. Der Kommissar Trappel hingegen vermutet seit langem eine innigste Beziehung der beiden, beruhend auf des wöchentlich dicken Kuverts, welches er seinem Vorgesetzten genauso wie so vielen anderen beimisst. Folglich nur aus diesem Grunde ist dem Trappel auch eine so lasche Strafverfolgung in Erwägung zu ziehen. Schon des Öfteren wollte Farelli auch ihm großzügige Zuwendungen zuteilwerden lassen, welche Trappel aber stets missbilligend ablehnte. Ihn störte nicht die ungenierte Art und Weise wie Vincenzo auch ihn in seine Tasche stecken wollte, wohl eher war ihm das geschäftsmäßige, unpersönliche Angebot übermittelt eines Lakaien zuwider.

Nun kam es dann auch wie es kommen musste, ist den noch wenigen guten Hirten der Geduldsfaden endgültig gerissen und ließen diese dann auch ihre bissigste Waffe von der Leine, Leitender Oberstaatsanwalt Dr. Cornelius Steiner, nur genannt der Staatsanwalt. Diesem Mann übertrugen sie jegliche Befugnisse, die es benötige Vincenzo Farelli zu Fall zu bringen. Auf diesen Moment hatte er lange gewartet und wusste, er würde auch einmal eintreffen; deshalb diesen Fall penibel genau von Beginn an studierte und dadurch vollauf im Bilde war, um sofort zur Tat schreiten zu können, seine Ermittlungen aufzunehmen.

Eben diese unerfreuliche Nachricht verkündete der Hauptkommissar dem nun frisch ernannten Staatsfeind Nummer eins. Ohne jegliche Besorgnis vernahm er die gut gemeinte Warnung, welche ihm allein aus Selbstschutz des Hauptkommissars zuteil wurde, wägte dieser sich doch seinem Ruin nahe, sollte denn seine wohlsprudelnde Geldquelle versiegen und ihn, sowie all die anderen Maßlosen drum herum verdursten lassen und womöglich sogar noch mit in den Schlund der Hölle reißen. Denn abhängig hatten sich viele von ihm gemacht, nicht nur der Hauptkommissar. In diesem Netz aus Korruption tummeln sich viele, teils kleine, teils große Fische und Steiner sollte den Kapitän Ahab mimen, der nun den dicksten Fang an Land ziehen sollte.

Dieser Staatsanwalt, Ende dreißig, motiviert bis in jede einzelne Haarspitze, erhoffte sich eine schnelle und saubere Nachstellung. Insgehcim bewunderte er Farelli. Trotz der Tatsache diese dunkle Affinität zu seinem Antipoden zu haben, er diesem fast schon eine gewisse Verehrung entgegenbrachte, musste er gegen ihn vorgehen. Ein geheimnisvoller Kult rankte sich um Farelli, dem auch Steiner verfallen war. Aber eben diese maskierte Kraft reizte ihn, weckte eine nicht für möglich gehaltene Leidenschaft, die ihn in einen Rausch versetzte. Wie besessen eiferte er diesem einen Tag entgegen, der den Startschuss zu seiner persönlichen Hetzjagd bedeutete und sehnlichster Freude nun eingetroffen war. Die Rechtschaffenheit Steiners war aber jeglicher Sympathie gegenüber diesem Despoten erhaben. Wie ein Großwildjäger sein Opfer bewundert, will er doch letzten Endes nur dessen Kopf an die Wand nageln.

»Mir ist zu Ohren gekommen, sie kennen den Herren Vincenzo Farelli.« platzt der Staatsanwalt ohne anzuklopfen, geschweige denn einem Hallo, in Trappels Büro. Er sah diesen überaus motivierten jungen Mann bereits zügig auf sein Büro zukommen, ist deshalb auch nicht erschrockenen oder verwunderten Blickes als die Türe fast aus den Angeln sprang. Eine enorme Energie strömte ins Büro, belebte sogleich den ganzen Raum, was wiederum den Kommissar etwas irritierte, schwelgte er doch schon wieder träumerisch und fast bewusstlos in der Vergangenheit, die ihn immer und immer wieder heimsuchte. Der Staatsanwalt sah die ganze Unordnung auf dem Bürotisch, dahinter ein alternder Mann, der wie es ihm scheint bereits mit seinem Leben abgeschlossen hatte. Riechen konnte er nichts, der Ausdruck in Trappels Gesicht verriet aber bereits den Konsum größerer Mengen hochprozentiger Spirituosen. Weder jetzt, noch als Steiner eintrat, hob er den Kopf, dieser gesenkt, mit halboffenen glasigen Augen versucht er sich unsichtbar zu geben, hofft niemand möge ihn entdecken.

»Sie gehen jetzt nach Hause, schlafen ihren Rausch aus und kommen morgen um Punkt acht Uhr frisch und munter wieder ins Büro. Und Herrgott - duschen sie sich, sie stinken wie ein Penner am Sack.«

Einige Minuten lang blieb er weiterhin so regungslos sitzen, der nun verbreiteten Enthusiasmus in seinem Büro konnte jedoch nicht in ihn eindringen, eher war es so, als drehe sich alles noch viel mehr als schon bereits zuvor. Aber der Staatsanwalt hatte recht, gestand er sich ein, ließ alles stehen und liegen, schloss nicht einmal seine Bürotür und verließ fluchtartig das Gebäude.

Wie gefordert erschien Trappel nächsten Morgens pünktlich und frisch geduscht, jedoch weit entfernt eines geistig frischen Ermittlers.

19

»Hast du heute vielleicht Lust auf eine Partie Schach?« fragt der Nachbar den gerade ins Wohnzimmer eingetretenen Pius. Auf dem Opiumtisch steht bereits das Schachbrett mit aufgestellten Figuren, bereit die Gehirnzellen in Wallung zu bringen.

»Heute nicht.« entgegnet Pius.

»Einen Drink zum Abschalten?« Der Nachbar zeigt dabei auf die Ansammlung von drei Flaschen, zwei Whiskey- und eine Cognacflasche, im Bücherregal zwischen Zweig und Hesse stehend. Aber auch dieses Angebot lehnt Pius ab und lässt sich im breiten und tiefen Kolonialstilsessel nieder.

»Dann erzähle mir, was dich bedrückt.«

»Kannst du dich noch an den Staatsanwalt Steiner erinnern?« sagt Pius.

»War das nicht dieser erfolgsbesessene Schönling, eher

eines Anwaltes eines Gangsters vertretend, als diesen anzuklagen?«

»Genau der!« erwidert Pius. »Mittlerweile ist er Oberstaatsanwalt und er will Vincenzo am Galgen hängen sehen.«

»Hast du bereits mit Vincenzo gesprochen?«

»Uneinsichtig wie eh und je. Zwar habe ich Vincenzo nichts vom Staatsanwalt gesagt, ihn jedoch mit Nachdruck darauf hingewiesen, ich könne nichts mehr für ihn tun und er selbst für seinen drohenden Untergang verantwortlich wäre.« antwortet Pius mit traurigem Tonfall.

»Nichts anderes hast du dir doch erwartet?!«

»Im Grunde nicht, nein.« gibt Pius enttäuschten Gemütes wieder.

»Wie ich dir letztens bereits erläuterte, kannst du die Vergangenheit nicht wieder zum Leben erwecken. Vincenzo hat scheinbar seine Wahl getroffen, die Konsequenzen derer sind nicht dein Verschulden. Du hast getan wozu du dich im Stande sahst. Deine Beschwernis ist eindeutig dein Part an den nun bevorstehenden Ermittlungen und wie ich Vincenzo noch in Erinnerung behalten habe, wird er sich nicht widerstandslos dem Gesetze beugen.«

Einen Moment lang herrscht eine nachdenkliche Stimmung, ehe der Nachbar mit leiser Stimme so vor sich hinzitiert: »Hosea 8,7: Denn sie sähen Wind und werden Sturm ernten.«

Pius denkt angespannt nach und hat die Worte seines Gegenübers nicht wahrgenommen. Fragend hebt er seinen Kopf und sieht seinen Nachbarn an, schaut tief in dessen Augen, eines flehenden Blickes sendend, nach einem einigermaßen versöhnlichen Rates bittend. Doch in dieser Situation scheint es keinen angemessenen Ratschlag zu geben. Weder der eine noch der andere Weg kann Pius in noch tieferes Unglück als schon gegenwärtiges stürzen.

Das noch verbliebene Licht an seinem Horizont scheint nun komplett zu schwinden, solch Entscheidung ihm abzuverlangen. Er denkt kurz an die Münze, das Wechselgeld der zuvor gekauften Zigaretten, in seiner Tasche, sollte er womöglich diese einsetzen, um durch einen Wurf derer mittels Kopf oder Zahl das Schicksal die Wegrichtung bestimmen zu lassen. Er greift in seine Tasche und holt das scheibenförmige Nickel-Messing Stück heraus, sieht sich die Kopfseite an, dreht es zwischen Daumen, Zeige- und Mittelfinger zur Zahlseite. ›Kopf oder Zahl?! Soll ich wirklich einen Münzwurf meinen Weg entscheiden lassen?!‹ Er bringt die Münze in Position. Ruhend mit einer Hälfte auf der vorderen Seite des Zeigefingers und mit der anderen auf dem Nagel des Daumes liegt sie nun da und wartet darauf in die Luft katapultiert zu werden. Der Daumen drückt tief in den waagerecht gehaltenen Zeigefinger und schnippt die Münze in die Höhe. Diese dreht sich unaufhörlich um die eigene Achse und nach Erreichen des höchstmöglichen Punktes kurz innehält, um dann wieder in die Tiefe zu stürzen. Sie landet direkt in der Mitte der rechten Hand, welche blitzschnell bei der Berührung derer zuschnappt, desgleichen die passive Jagd der Venusfliegenfalle dies mit ihrer Beute verrichtet. Ohne den Ausgang des Wurfes gesehen zu haben steckt Pius die Münze wieder in seine Hosentasche. ›Nein, die Münze soll keine Macht über mich haben...‹ Denn wie die Münze landet, ist völlig egal – beim Hochwerfen wirst du merken, auf was du hoffst.

»Der altbekannte Münzwurf, lässt du ihn immer noch dein Schicksal schreiben?« wird Pius gefragt.

Dieser äußert sich nicht, immer noch tief in seinen Gedanken versunken. Als er realisiert etwas gehört zu haben:

»Wie bitte, tut mir leid ich war...«

»Ja, klar, kein Problem ... die Münze, ich habe bemerkt

nach dem Wurf hast du das Ergebnis bewusst nicht zur Kenntnis genommen, mit der verschlossenen Hand diese weggepackt, somit kann das Schicksal wohl nicht von ihr abgenommen werden. Sieht nach einer wahrlich ernsten Prüfung für dich aus.«

»Vielleicht nehme ich jetzt doch einen Drink, der Cognac sieht recht ansehnlich aus, was ist das für einer?« erkundigt sich Pius während er zum Bücherregal hinüberstarrt.

»Bei diesem handelt es sich um einen A.E. Dor Legend aus dem französischen Jarnac, nicht ferne dem Städtchen Cognac. Am Gaumen samtweich und voluminös, mit Finesse und auffallend harmonisch.« erklärt der Nachbar hocherfreut über seinen edlen Tropfen und erhebt sich gleichzeitig aus seinem Sessel, geht gen Bücherregal und kommt mit der Flasche in der einen und zwei Gläsern in der anderen Hand zurück, setzt sich voller Spannung auf die anstehende Gaumenfreude, wie ein kleines Kind sich zu Weihnachten dem einen Augenblicke verschreibt, als es sein Geschenk in Händen hält und die Lizenz zum Glücklichsein erhalten hat, es endlich auszupacken. Der Nachbar stellt die Gläser auf den Tisch, schenkt ein und schiebt eines davon am Schachbrett vorbei zu Pius hinüber, der wie immer gegenüber von ihm sitzt. Er erhebt sein Glas eines Toastes wegen, sein Gegenüber möge unbeschadet mit besonnenem Verstande die prekäre Lage meistern können. Nachdem Pius das Glas genussvoll in vielen kleinen Schlückchen über eine längere Zeitspanne hinweg leer getrunken, währenddessen beide kein Wort gesprochen, die Eigenschaft einfach mal nicht zu sprechen er übrigens an seinem Nachbarn sehr schätze, ihn dann doch die Lust an einer Partie Schach packte und er sein Vergnügen nun spielen zu wollen, äußerte.

Zwei Partien später, drei weitere gut gefüllte Gläser

Cognac getrunken, steht es unentschieden: eine Partie ging an Pius, eine an den Nachbarn. »So, ich geh jetzt noch in die nächste Bar und lass mich so richtig vollaufen.« Mit diesen Worten verabschiedet sich Pius, steht auf und geht.

20

›Dies ist jetzt endgültig mein letzter Drink. Habe ich das nicht auch schon gestern behauptet … ich weiß es nicht mehr, bei Gott ich weiß es wirklich nicht mehr. So kann es nicht weitergehen, erheben muss ich mich aus meinem Selbstmittleid, erbärmlich ist mein Anblick. Wie bedauernswert ich aussehe, die Augen der anderen verraten es mir. Mein Geist ist träge, müde mein Körper, das Gift ist schuld daran. Die innere Stimme ermahnt mich des Öfteren, doch greife ich immer wieder zur Flasche, was für eine Selbige ich doch bin. Nach einigen Tagen wäre das Schlimmste doch überstanden, der grelle Alltag hätte mich wieder, der Gedanke daran lässt mich schnell austrinken und sofort einen weiteren ordern, dem Barkeeper soll´s recht sein.‹

Am Ende des langen Tresens bei gedämmtem Licht sitzt der Kommissar Trappel vor einem eben neu gefüllten Glas Whiskey, hadert innerlich mit sich selbst, man kann es sehen von weitem weg. Gezeichnet vom Alkohol, aufgerieben der Vergangenheit wegen, unschlüssig der Zukunft, will er nur vergessen. Doch je mehr er es versucht, desto aggressiver meldet sich in ihm etwas zu Wort. Eine leise innere Stimme, womöglich Anabels zartes Geflüster stellt sich seiner eigenen immensen Zerstörungswut entgegen. Dieser feine Ton lässt den gesamten Lärm rundum verstummen. Da waren plötzlich nur mehr er, der ihn stets in den Abgrund zu reißen vermag und der, der diese Melodie der Glückseligkeit liebte. Die Erinnerung an sie ließ alle dunklen Mächte erschaudern, die Schatten zogen hinweg und kauerten in den Ecken, Furcht ihres eigenen Unterganges geweiht. Würde dies nur ewig wären, kein Unheil würde mehr über ihn hereinbrechen, da könnte die Hölle auf Erden einfallen, diese Kraft konnte von keiner noch so großen Macht verzehrt werden.

Erneut am Glasboden angekommen, stehen bereits fünf auf Trappels Rechnung. ›Einer geht noch, zu guter Letzt noch einen Abschlussdrink, den ich natürlich nicht mehr benötige, hatte ich sowieso bereits viel zu viel, beim Nachbar waren es auch schon ein einige. Eine neue Ära muss aber gebührend eingeläutet werden.‹

»Noch so einen, mein werter Heilsbringer!« Er hebt sein leeres Glas und deutet dem Barkeeper höflichst nachzuschenken. Dieser kennt ihn gut genug um der albernen Rederei keinerlei Tribut zu zollen.

»Hier Pius! Dieser geht aufs Haus, danach wäre es aber besser, du gingest nach Hause und legtest dich schlafen.«

»Du brauchst mich, verstehst du, du benötigst meine Unzufriedenheit, um dein Reich am Leben zu erhalten. Ohne mich und all den anderen armen Seelen könntest du nicht mehr königlich hinter deinem Tresen regieren. Braucht es doch immer Bauer und König zugleich, einer alleine zu nichts Ungutem im Stande wäre, so verlangt es das Spiel. Unmoralisch bis niederträchtig ist deine Arbeit dem hilflosen Volke gegenüber, denn wer hat sich schon wirklich im Griff; ich nicht und du schon gar nicht, je mehr die Menschen leiden, desto mehr freust du dich. «

Die Tonlage von Trappel wird nun immer lauter, von einem leichten Lallen gezeichnet. »Du hast einen Pakt mit dem Teufel geschlossen! Verdammt seist du!« Nun erhebt er sich vom Barhocker, das Glas in seiner Rechten, eine Zigarette in seiner Linken, wild gestikulierend stammelt er in Richtung des Barkeepers, der ihn entgeistert ansah, war der Trappel doch immerzu ein ruhiger und friedlicher Gast gewesen. Lange steht er aber nicht, kippt zur Seite und liegt urplötzlich am Boden. Mit einem dumpfen Laut schlägt er auf, das Glas noch in seiner Hand, der Inhalt halb auf dem Fußboden, halb auf sich selbst verschüttet, das Glas aber nicht zu Bruch gegangen. Die Zigarette abgebrochen, aber noch nicht ausgegangen, erhebt er sich langsam, schwankt ein wenig und stellt zuerst das leere Glas auf den Bartresen, legt die Zigarette in den Aschenbecher und entschuldigt sich seines peinlichen Auftrittes. Er greift in seine Hosentasche, nimmt die darin steckenden Scheine heraus, weit mehr als die Zeche ausmacht, knallt alles auf den Tresen und bittet noch um ein Taxi. Er entschuldigt sich noch einmal beim Barkeeper und den zwei weiteren Gästen am anderen Ende des Tresens, verspricht nie mehr wieder zu kommen und schwankt gen Ausgang dem augenblicklich eintreffenden Taxi entgegen.

21

Als Katharina und Pius das erste Stockwerk verlassen und gerade die Treppen hinabsteigen, sie ihm folgend, so dicht, er konnte fast ihren Atem spüren, flüstert sie ihm zu: »Ich habe dich beobachtet.« Pius glaubt nicht richtig zu hören.

»Du hast mich beobachtet?!« ›frage ich durchaus verdutzt. Ein gewisses Gefühl ließ mich, als ich mich mit Vince getroffen habe, erahnen, von jemandem beobachtet zu werden, dass es sich dabei aber um Katharina handle, überrascht mich insgeheim. Nun dämmert mir allmählich woher der Wind weht, wer diesen immensen Druck ausübt und somit den Stein ins Rollen brachte. Aber in welcher Beziehung steht sie zum Staatsanwalt, der die Zügel in der Hand hält, ohne den alles beim Alten geblieben wäre.‹

»Ja, als du dich mit dem Herren Farelli in dem Café Palais getroffen hast. Bereits nach dem Besuch in seiner Bar und ihrer anschließenden notgedrungenen Geschichtsstunde dämmerte mir eine tiefe, alte und immer noch fortbestehende Bekanntschaft eurer beiden Seelen. Nun gib bitte der Wahrheit die Ehre, erzähle mir wie du zu ihm stehst«

Beide wie angewurzelt auf den Stufen, vom ersten Worte an bis zum auf die Frage folgenden Seufzer, er inmitten der Treppe, sie mit einer Hand das Geländer haltend, ausgestreckten Armes mit der anderen offenen Handfläche auf ihn zeigend, des Wortes bittend. Als sich die Türe zum Treppenhaus knapp hinter ihnen öffnet, schweigt er noch immer. Ein Mitarbeiter betritt das Treppenhaus, drängt sich eiligst, in Gedanken versunken mit einem Stoß Akten, zwischen ihnen hindurch, eilt die Stiegen hinab und verschwindet binnen Sekunden durch die Ausgangstüre des Erdgeschosses.

»Also gut, lass uns rausgehen, du verdienst es zu erfahren.«

Dieses Mal erfährt Katharina die Wahrheit, die komplette und wahrhaftige Vergangenheit von Pius und Vincenzo. Erleichtert fühlte er sich nachdem er ihr alles

71

von Anfang bis Ende erzählte, wie ein gläubiger Katholik, welcher seit Jahren keinen Beichtstuhl mehr besuchte und nun alles loswerden konnte. Denn Katharina hatte eine gewisse Ausstrahlung, die es einem leicht machte sich fallen zu lassen und sein Herz auszuschütten. Geduldig lauschte sie den Worten von Pius, nickte ab und an mit dem Kopf, sagte aber kein Wort. Als er dann fertig war, fühlte er sich ein wenig erschöpft. Eine wohlige Müdigkeit, die ihn überfiel, ließ ihn gar ein Lächeln auf sein Gesicht zeichnen. Ihre wahren Intentionen waren ihm aber bis heute noch verborgen geblieben und sollten auch weiter im Verborgenen weilen. Er erfuhr zwar, dass Katharina mit dem Staatsanwalt zusammen die Ermittlungen leitete, diese die Absicht hegten, den kompletten Laden von Ratten zu säubern und natürlich den großen Farelli zu stürzen, aber warum sie dieses Ziel so energisch verfolgte, wollte ihm bis dato nicht einleuchten. Alleine des Staates Gerechtigkeit wegen konnte sie auf gar keinen Fall diesen verbissenen Enthusiasmus aufweisen, mutmaßte zumindest der Trappel.

›Wie sie Vince in der Bar angesehen hatte, mit diesem teuflischen Blicke, abgrundtiefen Hasses, feurig auf ihn einstach, da musste etwas zwischen den beiden stehen, wie ich es noch zwischen keinen anderen erkennen konnte. Diese Aggression erweckte in dieser hübschen, jungen Frau eine zweite Seite, die ich im Leben nicht an ihr crahnen hätte können. Da steht sie zuerst wie ein Engel in meinem Büro, verlangt mir für mein frevelhaftes Verhalten ergötzlich eine Einladung zum Lunch ab, dann, glaubt plötzlich in den Augen von Vince den Teufel höchstpersönlich erkannt zu haben und diesen mit all ihrer Kraft zurück ins Fegefeuer zu stoßen versuchte. Gekonnt umging sie meine leicht durchsichtigen Fragen ihrer Absichten halber. Aber im Grunde hat sie recht, Vince

72

verdient den Fall. So sehr ich ihn doch als Freund liebe, dankbar unserer schönen gemeinsamen Zeit, diese leider längst zur Erinnerung verblasst. Das Herz schmerzte dennoch letztens, hart die gesprochenen Worte, keiner dem anderen etwas zu schenken vermochte, weder Freud noch Hoffnung. Dann ziehen wir eben in den Krieg, des Lichtes wegen der Dunkelheit entgegen. Katharina, der Staatsanwalt und ich, die drei Retter der Vernunft, wenn denn keiner hören will.

22

Der Blick von Vince geht herum. Da sitzt einmal zu seiner Linken ein großgewachsener Mann mit pechschwarzen, zurückgekämmten glatten Haaren, welcher ruhig mit den Ellbogen auf den Stuhllehnen gestützt, seine Hände verschränkt hält. Neben diesem ein Mann mittleren Alters, ebenfalls zurückgekämmte Haare, braun jedoch die Farbe. Dieser Herr kaut mit den Backenzähnen an einem Zahnstocher herum, welcher in seinem linken Mundwinkel steckt. Seine Arme und Beine sind angespannt. Die Fußsohlen haben schon längere Zeit den Fußboden nicht mehr berührt. Der Dritte am Tische sitzt Vincenzo Farelli direkt gegenüber und sieht sich in der Runde um, während Vincenzo jeden einzelnen der Anwesenden prüfend mustert. Dieser Person widmen wir ein wenig mehr Aufmerksamkeit, handelt es sich hierbei um die rechte Hand von Vincenzo. Der fünften Person, welche gleich rechts von Vince sitzt, brauchen wir keinerlei Aufmerksamkeit zukommen zu lassen, ist diese lediglich ein stummer Statist

73

und gehorsamer Untergebener. Aber zurück zum wichtigsten Vertrauten Farellis. Seit Anbeginn des unaufhaltsamen Aufstieges der Organisation steht er dem Boss zur Seite, kümmert sich um jegliche Probleme. In Italien würde ein solcher Mann als Consigliere bezeichnet werden. Im Gegensatz eines besonnenen Consiglieres alla Tom Hagen, handelt es sich hier um einen aggressiven und skrupellosen Soziopathen, dem seine Tätigkeit den Sinn seines Lebens beschert und er sich darin ergötzt. Alleine seine Anwesenheit in einem Raume lässt die Luft darin bedrohlich wirken. Behutsam wird eingeatmet, ganz leise, um den brodelnden Vulkan keinesfalls Lava spucken zu lassen. Um sicher zu gehen alles zu bester Zufriedenheit im Sinne von Vincenzo zu erledigen, gibt er auch keine wichtig zu erledigende Sache einem Untergebenen ab, kümmert sich stets selbst um diese Angelegenheiten. Er war es auch, der letztens den Überbringer der unerfreulichen Botschaft der erfolgten Razzia abgestochen und aufgeschlitzt hatte und dadurch die beginnende Hetzjagd auf seinen Boss, sich selbst und die gesamte Organisation heraufbeschwor.

»Wie mir zu Ohren gekommen ist, wurde der Oberstaatsanwalt persönlich zwecks der Razzia und der unbedeutenden Angelegenheit mit Paolo angehalten, dies genauer zu untersuchen.« Vincenzo sieht dabei nur auf seinen Consigliere. »Sei es, wie es ist, ungemütliche Zeiten stehen uns ins Hause.«

»Sollen wir uns etwas für den Staatsanwalt überlegen?« richtet der Consigliere seine Frage an Vincenzo. Voller Zustimmung aller Anwesenden warten sie auf sein Wort.

»Wir werden sehen, aber vorweg gebe ich die Direktive: keiner rühre mir Pius an. Ich wiederhole: Wer Pius nur ein

Haar krümmt ...« Weitere Worte erübrigen sich auszusprechen.

23

Im Büro des Oberstaatsanwaltes Steiner, welches sich im dritten Stock selbiges Gebäude der Polizeidienststelle befindet, haben sich dieser, Katharina und Pius eingefunden um eine Strategie der allesentscheidenden Schlacht zu konzipieren. Viel zu lange durfte ein mutmaßlicher Gangster so unbehelligt sein Dasein inmitten einer rechtschaffenen Gesellschaft fristen. Dem werden diese drei nun einen Riegel vorschieben, so war zumindest die Order von ganz oben. Nur wer waren eigentlich die da oben? Es handelt sich um noch wenig Verbliebene, die allesamt für das System einstanden, welche den Druck aus der Bevölkerung nachgeben mussten und ein für alle Mal der Korruption den Kampf ansagten. Da waren diejenigen dabei, denen gefiel es ganz und gar nicht, wozu sich manche ihrer Kollegen hinreißen ließen, welche sich in den verfassungswidrigen Etablissements zeigten und diese aufgrund großzügiger Zuwendungen schützten. Eben gegen diese Kollegen wollten sie nun vorgehen und wer wäre besser geeignet als Oberstaatsanwalt Steiner, der einen loyalen, gesetzestreuen Ruf besaß, um den Dreck der maroden Gesellschaft von der Straße der Gerechtigkeit zu fegen.

»Zu allererst, Trappel...« richtet Cornelius ermahnend das Wort an diesen. »...muss ich von Ihnen die Gewissheit haben, Sie stehen voll und ganz hinter unserer Sache.

Andernfalls werden Sie ihres Postens enthoben und schieben Streife für die restlichen Jahre bis hin zu ihrer lausigen Pension, sollten Sie diese denn noch erleben, falls Sie so weitermachen wie bisher. Verstehen Sie mich nicht falsch, dies ist keine Drohung, sondern ein Versprechen. Haben wir uns verstanden?!«

›Wie motiviert dieser Dreckskerl doch ist, gerade einmal fünf nach acht morgens und schon solch Plattitüden.‹ Pius nickt wortlos.

»Also gut, gehen wir es an!« läutet der Staatsanwalt die erste Runde ein.

In den darauffolgenden vier Stunden wurden drei Flipcharts mit allen mutmaßlich involvierten Personen mittels Fotos behängt, beschriftet und deren Verbindungen untereinander aufgezeigt, ausführlich deren Werdegang erläutert. Aber all die Fotos und all das Gekritzel drehte sich nur um ein Bild, welches mittig auf dem Flipchart hing und Vincenzo Farelli zeigte, der eines nachdenklichen Blickes recht zufrieden wirkte. Ein Bild das nicht annähernd die Wahrheit über diese Person erahnen ließ. Ein ruhiger und in die Jahre gekommener Weltenfreund, der dem Anschein nach keiner Fliege etwas zu leide tun, behutsam über die Felder schreiten und sich in ein solches liegen, dort die Grashalme wachsen hören, gen Himmel blickend. Solch ein Eindruck wurde vermittelt. Kurz dachte sich Cornelius, wie auch Katharina und Pius, wobei letztgenannter sich dieser Seite seines Freundes gewahr, ihn liebevoll stets dieses vermittelten Ausdruckes im Herzen trug, dieses Bild gegen ein passenderes auszutauschen, sollte es doch eher Angst und Schrecken vermitteln, nicht Tiefsinn und Bedachtsamkeit zeugend. Letzten Endes blieb es aber hängen, wollte doch Cornelius darauf aufmerksam machen: Manch Augenschein gleicht oftmals nicht unbedingt dem Dasein.

»Kurze Rauchpause dann besprechen wir unsere Vorgehensweise im Detail!« beendet der Staatsanwalt die erste Etappe eines Marathonlaufes, der augenscheinlich aber eher einem zweifachen Iron Man gleicht. Er setzt sich an einen Schreibtisch links der Flipcharts und greift sich umgehend eine Akte. Während er sie öffnet blickt er kurz auf, hält inne: »Los jetzt! Die Zeit rennt, in fünf Minuten geht´s schon wieder weiter, wenigstens ein wenig die Füße vertreten, los raus hier!« Gezeichnet der anstrengenden Ausführungen der vergangenen zweihundertvierzig Minuten zeigen sich bei den beiden erste Verschleißerscheinungen. Plötzlich, wie aus einer Schockstarre gerissen, springen Katharina und Pius in selbigem Atemzug auf, torkeln der vielen Informationen leicht benebelt gen Ausgang, den Gang hinab, auf die Terrasse hinaus. Pius, umgehend sein Päckchen Zigaretten zur Hand, bereit sich eine anzuzünden, fragt ihn Katharina ob sie nicht auch eine haben könne.

»Ich dachte du rauchst nicht?« fragt Pius verwundert.

»Mein Kopf raucht eigentlich schon von alleine, eine kann aber nicht schaden, die brauche ich jetzt.« gibt Katharina erschöpft von sich.

Bis beide ihre Zigaretten fertiggeraucht haben sprechen sie kein Wort. Zu erschöpft und ausgelaugt waren die vorangegangenen Stunden in dem kleinen, abgedunkelten Besprechungszimmer.

»Gut so, gehen wir´s wieder an!« versucht Cornelius die Lebensgeister zu erwecken. Mit viel Elan prescht er hinfort. Weitere dreieinhalb Stunden werden vergehen, ehe alles Wesentliche erläutert und die nächsten Schritte geplant wurden. Erster wird eine Observation von Vincenzo Farelli und vier weiteren Mitgliedern seiner Organisation

nach sich ziehen. Der Start der Operation mit dem Code-
namen *Der Schnitzel Pate* wurde für den darauffolgenden
Tag festgelegt und sollte binnen weniger Wochen mit der
Zerschlagung des gesamten organisierten Verbrechens im
Namen Vincenzo Farellis enden. Des Weiteren beabsich-
tigte dieses diffizile Vorhaben die Überführung, Verhaf-
tung und letzten Endes auch Verurteilung aller involvierten Personen auf Seiten des Staatsapparates. Wie tief der
Sumpf der Korruption und wie weit dieser reichte, war zu
diesem Zeitpunkt noch keinem der Anwesenden auch nur
annähernd bewusst.

24

Katharina steht vor einer verschlossenen Türe, ihre Klei-
dung ist durchtränkt des Regengusses vom Himmel
herab, das Wasser tropft von ihren Haaren gen Boden. Als
sich bereits eine kleine Wasserlache um ihre Füße herum
gebildet, atmet sie einmal kurz durch und drückt die Klin-
gel. Der Name am Schild: Dr. Steiner. Nach wenigen Sekunden dreht sich ein Schlüssel im Schloss, ihr Herz
klopft nun heftig. Sie greift sich mit der linken Hand an
den Hals und spürt den Puls, glaubt den pochenden Herz-
schlag hören zu können. Die Haustüre öffnet sich langsam, sie kann bereits seine Stimme vernehmen. Als ihr
Blick auf den seinen trifft, setzt ihr Atem kurz aus, er te-
lefoniert gerade, verabschiedet sich von seinem Ge-
sprächspartner von der Stelle weg, während seine Hand
mit dem Telefon bereits zu Boden gleitet und legt es auf
die Kommode neben der Türe. Kurz sehen sich beide

überrascht in die Augen, ehe Cornelius seinen linken Arm ausstreckt, ihre Hüfte packt und sie schnell an ihn heranzieht. Erst ein wenig erstaunt, nimmt sie doch kurzerhand ihren innigsten Wunsch zur Kenntnis und ergibt sich dem Augenblick. Noch in der Türe stehend küssen sich die beiden so leidenschaftlich, dass Katharina ihm aus Versehen in die Unterlippe beißt, sogleich diese zu bluten beginnt, Cornelius aber den unerwarteten Schmerz ignoriert und seine Gespielin weiter hemmungslos küsst. Er packt ihre nassen Haare am Hinterkopf, zieht diese nach hinten, sodass ihr Kopf in die Höhe gerissen. Mit einem ungeduldigen Stoß seiner Hüften drückt Cornelius sie an den Türstock. Seine Küsse verlangsamen sich, wandern weg von ihren Lippen über das Kinn hinweg zu ihrem Hals. Ein leises Stöhnen gibt Katharina von sich, gepaart zwischen leichtem Schmerz und erregender Lust. Er lässt ihre Haare wieder etwas lockerer und drückt ihren Kopf an seinen, welcher nun demütig sich in ihrem Hals vergräbt, seine Nase an diesem riecht und diese ihn zart streichelt. Der sanfte Gang seiner Lippen, gezeichnet einer harmlosen, dünnen Blutspur, nähert sich wieder den ihren, ehe er fast schon am Ziel innehält und ihr tief in die Augen starrt: »Sollten wir diesen Fehler bereits heute wiederholen?!«

Kurz schüttelt Katharina ihren Kopf, ihre nassen Haare klatschen an sein Haupt, tritt aus ihrer Ekstase heraus: »Du hast recht, ich sollte wieder nach Hause gehen, ein und denselben Fehler Nacht für Nacht wiederholen…« Sie stößt ihn von sich, sodass nun auch Cornelius an den Türstock prallt. Sofort entflammt beider Begehren der Fleischeslust des anderen aufs Neue. Dieses Mal packt Katharina den Staatsanwalt mit beiden Händen an dessen Hemd, zieht ihn zu sich: »Du willst mich! Los! Zeig es mir wie sehr du mich willst!«

79

Nackt liegen beide nach einer wilden und sinnlichen Orgie nebeneinander im Bett und rauchen einen Joint.

»Meinst du Pius verhält sich seinem alten Freund gegenüber loyal?« fragt Cornelius nachdenklich, nimmt nochmals einen tiefen Zug, lässt den Rauch kurze Zeit sich in seiner Lunge entfalten und bläst diesen genüsslich aus und fährt fort, während Katharina vollauf entspannt, in einer Art meditativen Zustand versunken, neben ihm liegt. »Ich denke mir nur, wenn deine Vermutung zutrifft, die beiden immer noch eine so innige Freundschaft pflegen, entgegen seiner Aussage dir gegenüber lediglich diese vergangen und ad acta gelegt, könnte er unser gesamtes Vorhaben gefährden und zudem uns in ernste Gefahr bringen.«

»Lass uns morgen darüber reden, ich bin müde, gebührend befriedigt und zudem noch in einem angenehmen Rausch, welcher mich gerade aus meinen Alltag entreißt, führe mich bitte nicht wieder diesem nahe.«

»Du hast recht.« stimmt er ihr zu, nimmt noch einen letzten Zug und löscht den Stummel in dem auf dem Nachtkästchen stehenden Aschenbecher und bläst die Kerzen auf selbigem aus, dreht sich zu Katharina um, die mit geschlossenen Augen träumend auf dem Rücken liegt und küsst sie auf die Stirn. »Schlaf gut, mein Engel. Träume etwas Bezauberndes.«

25

›Jetzt wird es richtig ernst.‹ denkt sich Pius bei sich zu Hause sitzend auf seiner Couch. Die Vorhänge halb zugezogen, nur wenige Lichtstrahlen finden ihren Weg ins kleine und schlicht eingerichtete Wohnzimmer, ein leeres Whiskeyglas steht auf dem kleinen Tischchen vor ihm, jedoch seit geraumer Zeit nicht befüllt worden. Bereits ein wenig Staub haftete an der Seite des Glases und bedeckte ebenfalls dessen Boden. Gleich daneben die Flasche mit geöffnetem Verschluss. Ohne zu trinken ist er befähigter sich der gegenwärtigen Situation zu stellen, deshalb auch darauf verzichtet wurde. Bis eben zu dem jetzigen Moment. Lediglich ein kleines Schlückchen könnte den herumwirbelnden Gedanken den Wind aus den Segeln nehmen, diese bändigen, Einhalt gebieten. Oder vielleicht doch nicht?! Die Gedanken verdichten sich: ›Vincenzo! Welch schwer zu treffende Entscheidung du mir abverlangst. Die letzten Wochen sind mir zu Kopfe gestiegen, wirr umherirrend, verstandeslos ständig am Trinken. Um mich zu retten, nicht komplett den Boden unter den Füßen zu verlieren, aber auch um Meiner selbst, ist damit nun endgültig Schluss.‹ Er nimmt den Korkverschluss und stöpselt die Whiskeyflasche zu. Ein tiefer, bedrückender aber auch erleichternder Seufzer folgt diesem symbolischen Akt der Vernunft. Er geht zu den Vorhängen, öffnet diese ein wenig, das einströmende Sonnenlicht ihn vollkommen unvorbereitet blendet, sodass seine Augen schmerzen und sein Kopf sich unvermeidlich wegdreht. Langsam öffnen sich wieder die Augenlider, dass nun erhellte Wohnzimmer zeigt ihm detailgetreu seinen Seelenzustand der letzten Wochen. Überall leere Bier- und Whiskeyflaschen, volle Aschenbecher, der Gestank dieser erst jetzt in die Nase von Pius steigt und sich dieser fast übergeben muss. Die Augen nur halb geöffnet, dreht er sich wieder gen Vorhänge, schiebt diese komplett auf und öffnet die dahinter verborgene Balkontüre. Eine frische Brise versucht in das versiffte Wohnzimmer einzudringen, verliert sein Vorhaben im ersten Anlauf jedoch gegen die

81

schwere und stickig austretende Luft. ›Das war höchste Zeit. Vincenzo braucht mich jetzt, meinen alles erfassenden und schöpferischen Geisteszustand. Noch vor einigen Tagen nur ein Häuflein Elend, nicht des eigenen Blickes im Spiegel wert, fließt die Lebenskraft allmählich zurück in meine Adern, erhellt meinen Intellekt und gibt mir die benötigte Kraft mich meinen Dämonen zu stellen, diese zum Teufel zu jagen und womöglich meines Freundes Seele zu retten.‹ Die Euphorie scheint nun keine Grenzen mehr zu kennen. ›Oh, wie mich dieser Schleier der Angst, hervorgerufen der sinnlosen Trinkerei, benebelte, ein Schatten meiner selbst wandelte ich wirr umher.‹ Pius blickt sich um, der größte Teil der abgestandenen Luft ist dem Raume bereits entwichen, mit frischem Sauerstoff neu belebt. ›Wie gehe ich es nur an? Dieser Steiner, mit Lorbeerkranz bestückten Hauptes, ist so scharf auf Vince, einen so hartnäckigen Staatsanwalt zu besänftigen, von ihm ab zu lassen, oder gar auf eine falsche Fährte zu führen, wird ein hartes Unterfangen. Und wie passt Katharina in dieses Puzzle? Zwischen den Zweien steht mehr als nur dieser Einsatz es auf den ersten Blicke vermuten lässt. Letztens bei der Einsatzbesprechung konnte ich es sehen, wie Katharina in einem Anflug der Erschöpfung, Steiner in träumerischer Manier Bewunderung zollte. Waren die Zwei vielleicht einmal ein Paar? Oder sind sie es immer noch? Schlafen sie nur miteinander? Dieser Blick von ihr strahlte eine tiefe Sehnsucht aus. Aber wonach? Nach Steiner? Hm, irgendetwas haben die beiden gemeinsam, wobei Steiner gar nicht ihr Typ zu sein scheint. Wenn dem wirklich so ist, wie meiner Vermutung nach, die bei Gott und klarer geistigen Verfassung, so gut wie immer ins Schwarze trifft, verbirgt Katharina etwas und benutzt diesen Hengst ihrer Absichten wegen. Was ich letztens bereits spürte, verdichtet sich allmählich, ihrem Geheimnis bin ich auf der Schliche, lange wird sie es nicht mehr vor mir verhüllen können. Also warum benutzt sie Steiner, sollte sie ihn denn wirklich benutzen? Will sie ihn manipulieren? Warum ist sie Vincenzo letztens mit so abgrundtiefem Hass begegnet? Ebenfalls nur ein Schauspiel? Teil eines Werkes, welches Blickes auf das Gesamtstück sich mir noch zu entziehen versucht. Denke nach! Pius, denke! Arbeitet sie unter Umständen für ihn? Ist es das? Nein! Ich meine, könnte sein. Oder nur ein Hirngespinst eines genialen Planes nachjagend, in welchem Katharina eine Abgesandte von Vincenzo sich bei Steiner einschleusen sollte und… ja, und was? Ein verwegener und gerissener Plan wäre diese Mutmaßung, womöglich ein genialer Schachzug von Vincenzo, zuzutrauen wäre es ihm alle Male. Oder arbeitet sie auf eigene Rechnung oder auf eines anderen, mir noch unbekannten Protagonisten? Viel Spielraum für Vermutungen lässt dieser Fall zu. Sicher ist nur eines, mit einem Paukenschlag endet diese Symphonie der Intrigen.‹

26

Alle Einsatzkräfte haben sich bereits versammelt. Als der Staatsanwalt mit Katharina und Pius eintrifft, soll es dann auch losgehen. Steiner informiert sich beim Einsatzleiter der Geschehnisse. Voller Erstaunen muss dieser in Erfahrung bringen, keine Menschenseele hat das Gebäude weder betreten, noch verlassen.

»Seit heute Morgen werden beide Eingänge, der vordere sowie auch der hintere, abwechselnd beobachtet und sie sagen mir nun, niemand ist in das Gebäude gegangen und auch nicht aus dem Gebäude gekommen?«

»Korrekt!« entgegnet der Einsatzleiter dem Staatsanwalt.

»Dann können wir aber auch davon ausgehen heute einen Schuss in den Ofen abzugeben. Warum in Gottes Namen hat mich niemand davon in Kenntnis gesetzt?!« entsetzt sich Cornelius. »Was denken Sie werden wir denn nun hier vorfinden? Nichts! Um Himmels willen! Bin ich den hier von lauter Dilettanten umgeben?! Eine Überführung war geplant, eine Darbietung unserer Unfähigkeit wird uns präsentiert. Der richterliche Beschluss ist ausgestellt, wir gehen trotzdem rein, Sie mein werter Freund werde ich mir morgen vorknöpfen.« scharfen Blickes dem nun unbehaglich aussehenden Einsatzleiter zuwendend. Die Stahltüre wird aufgebrochen, mit Maschinenpistolen im Anschlag stürmt das Einsatzkommando in das Gebäudeinnere. Nachdem die Lage gesichert wurde, betreten Cornelius, Katharina und Pius den großen Saal, gesäumt vieler weißer Marmorsäulen, menschenleer. Kopfschüttelnd stapft der Staatsanwalt umher. Innerlich muss Pius lächeln.

Für den darauffolgenden Tag hat der Staatsanwalt eine Besprechung veranschlagt. Zurück in seinem Büro, setzt er sich, schenkt sich ein Glas Hennessy Paradis ein und versucht seine Niederlage zu verdauen.

›Wer ist der Saboteur? Hat mich Trappel hintergangen? Ist er es, der Vincenzo Farelli die Nachricht gesteckt hat? Ich sollte ihn observieren lassen. Aus den Ermittlungen kann ich ihn keinesfalls ausschließen, denn wenn er wirklich die Ratte ist, benötige ich ihn um den Paten zu schnappen. Aber wie könnte ich ihn zu meinen Zwecken benutzen? Wie es mir scheint, habe ich ihm Unrecht getan, mir selbst ins eigene Fleisch geschnitten, ihn als einen versoffenen alternden Kommissar abgeschrieben und ihm nichts zugetraut, alleine des Wissens über unseren Widersacher in mein Team aufgenommen. Nun hat er mich ausgetrickst. Das soll er mir büßen, aber ruhig Blut, das hat noch Zeit. Das Gelächter von Farelli hingegen wird mir sicherlich die heranbrechende Nacht eine schlaflose bescheren. Verdammt sei dieser Mistkerl. Da werde ich mir morgen vom Generalstaatsanwalt, diesem verkalkten, alten Sack, etwas anhören können.‹

Gefangen in dem Wahn unschlagbar zu sein, denkt er scharf über alle möglichen Eventualitäten nach. Bereits drei Gläser Cognac später werden seine Gedanken immer waghalsiger. ›Das Farelli hinter Gitter gebracht werden muss, steht außer Frage. Nur wie?‹ Teuflischen Antlitzes funkeln urplötzlich seine Augen: ›ICH, jawohl ich muss die Angelegenheit in die Hand nehmen. Ich alleine! Nun weiß ich ihm sein Handwerk zu legen.‹ Er lacht laut auf: ›Haha! Jetzt habe ich ihn. Er hat vielleicht die erste Schlacht gewonnen, den Krieg jedoch, ja den gewinne ich.‹

27

Nach der Ermordung des Generalstaatsanwaltes steht allen das schiere Entsetzen ins Gesicht geschrieben. Zwei Morde zuvor, beide dem von Vincenzos Spatzen Paolo Mannini gleichend, lag nun ein Beamter mit Messerstichen in Brust und Bauch und aufgeschlitzter Kehle ebenfalls im Kofferraum eines gestohlenen Fahrzeuges. Mit sofortiger Wirkung wurde Cornelius Steiner zu dessen

Nachfolger ernannt. Als neuer Generalstaatsanwalt stellte er noch mehr Personal zur Ergreifung von Vincenzo Farelli ab.

»Willst du ein Glas Wasser, meine Liebe?«

»Ja, bitte!« antwortet Katharina und streckt sich kräftig, ehe sie ihren Kopf wieder im Polster vergräbt. Cornelius, bereits angezogen, reicht ihr das Glas.

»Gut geschlafen?« fragt er.

»Wunderbar. Ich kann dir nicht sagen wie gut das gestern Abend getan hat. Entspannend und belebend zugleich. Heute werde ich wohl den ganzen Tag mit einem Grinsen im Gesicht umherstolzieren.«

»Ja, Ja.« gibt Cornelius geistesabwesend zur Antwort und blättert bereits am Tisch sitzend die Zeitung durch. Ganz vertieft und besorgt scheint er etwas darin zu suchen. Je weiter er sich durch die Blätter kämpft desto erleuchteter wirkt er. Grund dafür sind die fehlenden Schlagzeilen, die, falls sie seinen Blick doch noch erhaschen sollten, ihm nicht wohlbekommen würden.

»Alles klar bei dir?« fragt Katharina fürsorglich während sie ihren Kopf hebt. Cornelius gibt keine Antwort von sich. Sie steigt aus dem Bett, schlüpft nackt in ihre Jeans, streift sich ein Top über und begibt sich zum Esstisch, an welchem er immer noch die Zeitung durchblättert. Sie umarmt ihn von hinten, küsst ihn auf die Backe und flüstert ihm in sein Ohr: »Letzte Nacht warst du spitze, um genau zu sein warst du dreimal spitze, mein wilder Hengst.« Sie muss ein wenig lächeln bei letztgenanntem, klingt es doch ausgesprochen in ihren Ohren wie aus einem billigen pornographischen Filmchen. Wieder zur Antwort nur ein ja, ja.

»Worüber sorgst du dich?«

Ein tiefer Seufzer lässt im Vorhinein bereits auf etwas

Beklemmendes schließen. »Die Ermordung des General-staatsanwaltes…«

Ehe er weitersprechen kann unterbricht sie ihn: »Der war eh schon alt.« scherzt sie. »Und außerdem mochtest du ihn so oder so nicht, dank seines Ablebens ist dein Kurs gestiegen. Spätestens in einigen Wochen wäre er der bereits eingeleiteten Ermittlungen der mutmaßlichen Korruption wegen überführt und seines Amtes enthoben. So jemandem weint man doch keine Träne nach.«

»Da gibt es etwas, das du wissen solltest.« fährt Cornelius fort.

»Das wäre?« ist sie nun gespannt, war er ja für gewöhnlich immer Herr seiner Lage, stets seiner Redekunst gewahr, nun stockend beim Sprechen, total aufgelöst.

Er beginnt von neuem: »Die Ermordung des General-staatsanwaltes…hat indirekt mit meiner Person zu tun. Bevor du mich nun erneut unterbrichst, lass mich ausreden…« Nun hat er vollkommen ihre Aufmerksamkeit. Sie setzt sich gegenüber von ihm nieder und wartet mit weit aufgerissenen Augen gespannt auf seine Fortführung. »…beziehungsweise bin ich dafür verantwortlich, ich habe diese in Auftrag gegeben.« Nun bricht er den Blickkontakt zu Katharina ab, senkt seinen Kopf voller Scham und blickt räuevoll auf die vor ihm liegende Zeitung.

»Wie…« Katharina bleibt das Wort im Munde stecken, sogleich versucht sie es nochmals. »Wie bitte?!« und schluckt anschließend ein wenig benommen der ihr unverständlichen Worte wegen. Noch wollen diese ihrem Verstand keinen Sinn verleihen. Sie wartet nun gespannter denn je auf die weitere Ausführung von ihm.

»Nun, es war so…« eine Pause. »…ich habe Antonio Graziano…« eine erneute Pause eines tiefen Atemzuges folgend. »…beauftragt…« nun verstummen seine Worte endgültig. Leeren Blickes sieht er ihr in die Augen.

»Na was, sag schon, bitte spanne mich nicht länger auf die Folter. Wozu hast du ihn beauftragt? Moment! Hast du gerade Antonio Graziano gesagt! Der Berater von Vincenzo Farelli?«

Seines Verstandes wieder Herr: »Ja! Verdammt noch mal!« Er knallt mit seiner Faust auf den Tisch. Katharina zuckt kurz erschrocken zusammen. »Was habe ich mir nur dabei gedacht?!«

»Beruhige dich.« senkt Katharina ihre Stimme um die Gemütslage ein wenig zu besänftigen. »Hol einmal tief Luft und erzähle mir wozu du ihn beauf…« nun verstummt das Wort auf halbem Wege aus ihrer Kehle. Jetzt hat es ihr gedämmert.

»Ganz genau. Der Mord an dem Generalstaatsanwalt wurde von Antonio Graziano durchgeführt, von meiner Wenigkeit in Auftrag gegeben.« Jetzt schweigen beide. Katharina steht auf, geht in die Küche, öffnet den Wasserhahn und lässt das Wasser fließen bis es richtig kalt, hebt ein Glas darunter bis es voll ist. Mit einem Schluck trinkt sie den kühlen Inhalt, schenkt ein weiteres nach und leert dieses erneut auf Anhieb. Einen Moment bleibt sie noch vor dem immer noch geöffneten Wasserhahn stehen, ehe sie diesen schließt und am Tische gegenüber von Cornelius wieder Platz nimmt. Ohne beschuldigender oder ermahnender Worte sitzt sie still da und wartet. Nichts in ihrer Miene lässt auf eine Verurteilung seiner Handlungen wegen schließen.

»Das hätte ich dir nie im Leben zugetraut.« sind die ersten Worte nach langem Schweigen. »Der Oberstaatsanwalt killt den Generalstaatsanwalt! Ha! Was für ein Ding. Wenn das rauskommt… Nein, Spaß, das wird niemand jemals erfahren, zumindest nicht aus meinem Munde. Was genau war denn deine Intention diesen tollkühnen Plan zu schmieden und ihn dann auch letzten Endes in die Tat umzusetzen?«

»Ich war geblendet...« er macht wieder eine kurze Pause, sieht ihr in die Augen, versucht in diesen zu lesen, die herannahenden Gedanken ergießen sich doch sogleich. »...mein Drang diesen Farelli für lange Zeit hinter Gittern zu sehen, ließ mich einem Wahn verfallen, den ich in dieser Form noch niemals in mir aufkommen spürte. Erst jetzt erkenne ich meinen Fauxpas.«

»Fauxpas ist noch recht linde ausgedrückt. Aber wie gesagt, um den Kerl ist es nicht wirklich schade. Aber was mich nun interessiert: Wie stehst du zu Graziano? Ich meine, der ist doch ein eiskalter Killer und die rechte Hand von Farelli.«

»Wart einmal ganz kurz!« bittet Cornelius um eine Pause. Er steht auf, geht zum Kühlschrank, nimmt sich eine Flasche Wodka heraus, gießt ein Glas halb voll und leert es in einem Zuge. Er sieht zu ihr hinüber: »Du auch einen?«

»Es ist halb acht, ich bin gerade aufgestanden, lieber einen Kaffee. Danke.« Er gießt sich ein weiteres Glas ein, lässt ihr von der Espressomaschine einen doppelten Espresso runter und geht mit Glas und Tasse zurück zum Tisch, setzt sich wieder gegenüber von Katharina und reicht ihr den Espresso. Beide schlürfen ein wenig an ihren Getränken, ehe er ihr offenbart, was er exakt mit diesem Auftragsmord bezwecken wollte.

28

Es ist bereits nach Mitternacht ehe Steiner bei seinem Apartment anlangt, ein langer und kräftezehrender Arbeitstag ist Geschichte. Mit dem Lift geht es direkt zu seinem Penthouse, in den einundzwanzigsten Stock. Wer in diesem Gebäude wohnt, bezahlt für eine luxuriöse Wohnung mit über einhundertfünfzig Quadratmeter Wohnfläche eine beträchtliche Summe, nicht zu vergessen des hohen Preises Rechtfertigung der attraktive Standort mitten im Stadtzentrum. Banker, Anwälte, Künstler wohnen hier. Vor der Türe liegt ein kleines Päckchen, Steiner bückt sich, hebt es auf, findet aber keinen Absender darauf. Er dreht es auf alle Seiten, keine Notiz von außen zu finden. ›Vielleicht ist es von Kathy.‹ denkt er sich, schließt seine Eingangstüre auf und betritt die Wohnung. Ein tiefer Seufzer beendet den Arbeitstag nun offiziell. Nachdem er sich seines Anzuges entledigt, eine Dusche genossen und in einen Morgenmantel geschlüpft, sitzt er auf der Couch und betrachtet das Päckchen, welches er auf den Couchtisch gelegt hatte. Er beugt sich vor, hebt es auf, löst die Schnur, mit welcher es zugebunden wurde und legt diese beiseite. Voller Vorfreude und ein wenig gespannt des Inhaltes wegen öffnet er ganz langsam den Karton, zuerst die linke, dann die rechte Deckelklappe. Mit einem lauten Schrei wirft er das Päckchen, samt des Inhaltes von sich weg. Es fliegt über den Couchtisch und schlägt auf der Mitte des Wohnzimmers auf dem weißen Marmorboden auf. Der Inhalt - ein blutverschmiertes Messer, eine Zunge, zwei Ohren und zwei Augen - fallen durch den Aufprall heraus und liegen nun verteilt um das Päckchen herum. Dies trägt dafür Sorge, Steiner eine Leichenblässe ins Gesicht zu malen. Mit entsetztem Blicke und weit aufgerissenen Augen starrt er auf das Päckchen mit seinem herumliegenden Inhalt. Nasser Schweiß sammelt sich am Nacken von Steiner. Seine Hände beginnen leicht zu zittern. Der Schock sitzt tief, stelle man sich nur einen Bürohengst in Manier eines erfolgshungrigen Sunnyboys vor, welcher bewaffnet mit Telefon und Kugelschreiber sich Respekt verschaffen möchte, nun wahrscheinlich eine Mordwaffe, samt Sinnesorgane des mutmaßlichen Opfers zu sich nach Hause geschickt bekommt, nachdem er den Auftrags-mord des Generalstaatsanwaltes durch den Berater des mächtigsten Verbrechers der Stadt ausgesinnt hatte. Alles andere als böse Blicke eines von ihm angeklagten und des Richters verurteilten Straftäters, war ihm nichts dergleichen je entgegengebracht worden. Dieser bestialische Akt kennt der Staatsanwalt lediglich von Bildern aus den Dossiers seiner Angeklagten, war und blieb es aber doch nur ein Bild, die tatsächliche Tat weit entfernt des eigenen Schreibtisches. Die Assoziation einer verübten Gräueltat mit dem Opfer entsteht nur anfangs auf diesem Berufswege, schnell wird der Täter zu einer Nummer in einem Akt mit all seinen Taten. Nach der Verurteilung alsbald aus dem Gedächtnis verbannt, der Fall zu den Akten gelegt, begraben und vergessen. Der flaue Magen, verursacht der ersten schrecklichen Verbrechen, längst abgehärtet. Nächtelang konnte der damals junge Staatsanwalt nicht mehr schlafen, von Albträumen verfolgt, des Öfteren des Schlafes entrissen. Doch auch all die einzelnen Albträume zusammen und all die schrecklichen Bilder der ruchlosesten Verbrechen, die ihm zu Augen gekommen, stellten sich diesem Päckchen vergnüglich in den Schatten. Lieber wünschte er sich alle Augenblicke der Angst zusammen ins Hier und Jetzt, nur um diesem gegenwärtigen Gefühl des panischen Schreckens zu entrinnen. Er atmet tief durch die Nase ein, hält die Luft kurz an und atmet durch den Mund diese wieder aus. Einige solcher Atemzüge sollten vergehen, ehe er sich wieder ein wenig gefangen hatte, jagt doch nun ein Gedanke den nächsten. Wer diese Botschaft wohl an ihn gesendet habe, von wem stammten diese Sinnesorgane, nicht zu vergessen das Messer mit der blutigen Klinge. Steiner glaubt, den nun blinden und taubstummen Affen zu kennen, konnte es doch einzig und allein der Consigliere sein, alles andere ergäbe wenig bis gar keinen Sinn. So muss es wohl sein, denkt er sich. Farelli ist der Intrige seiner selbst und dem Consigliere auf die Schliche gekommen und hat nun diese Botschaft, was mit Verrätern geschieht, gesendet. Sollte auch Steiner dieses Schicksal ereilen, wohl eher nicht; käme sonst doch nicht diese Warnung. Er schnappt sich sein Telefon und wählt mit noch leicht zitternder Hand die Nummer von Katharina. Nach mehrmaligem Läuten hebt am anderen Ende der Leitung eine verschlafene Stimme mit den Worten ab: »Wehe es ist kein Notfall!«

»Sollten wir das Messer auf Fingerabdrücke untersuchen lassen?« fragt Katharina nachdem sie unverzüglich zu Cornelius geeilt und er ihr die Situation mit seinen Vermutungen offenbart hatte.

»Das hätte wohl wenig Sinn, diese bereits entfernt oder nie darauf gewesen. Außerdem führt diese Tatwaffe, falls sie es denn auch ist, indirekt zu mir. Wenn die ganze Sache ans Tageslicht kommen sollte, bin ich erledigt!« gibt Cornelius zur Antwort.

»Hm, dann willst du es verschwinden lassen? Wie sicher bist du dir eigentlich, dass es sich bei diesen Augen, Ohren und der Zunge um die des Consigliere handelt?«

»So ziemlich sicher. Sei es drum, nun gilt es einen kühlen

Kopf zu bewahren, die richtigen Schritte zu setzen und dem Treiben des Herren Farelli endgültig ein Ende zu bereiten. Wie genau dies vonstatten gehen soll, kann ich dir jetzt noch nicht sagen. Letztwochige Razzia und die anschließenden Verhöre der festgenommenen Gäste und des Personals brachten keine belastenden Aussagen zu Tage. Ein unsichtbarer Mantel der Verschwiegenheit schützt Vincenzo Farelli vor jeglicher Strafverfolgung. Da musste ich doch etwas dagegen unternehmen, seit Jahren treibt er bereits sein Unwesen, lacht und spottet über uns. Viel riskiere ich, um weiteres Leid zu verhindern.«

»Leid dem Leid gebührt! Mach dich nicht so fertig deswegen, kein Unschuldslamm wurde zur Schlachtbank getragen. Beide haben den Tod verdient, keiner im tiefsten Herzen besser als der andere.« stärkt ihm Katharina mit diesen Worten ein wenig den Rücken.

»Noch nicht lange her vermutete ich in Pius einen vertrauten Farellis. Mittlerweile bin ich mir da aber nicht mehr so sicher. Was meinst du denn dazu? Du arbeitest nun ja schon einige Zeit mit ihm zusammen.«

»Er hat mir schon gesagt, dass die Zwei früher die besten Freunde waren, ihre Freundschaft über all die Jahre aber verblasste. Als Pius und ich ihn besuchten, bestätigte sich auch meines Gefühles nach der Richtigkeit seiner Aussage, demzufolge hatten sie wahrscheinlich wirklich seit Jahren keinen Kontakt mehr miteinander. Dies schließt folglich aus, Pius sei ein Informant Farellis. Wenn es denn nun zutrifft, dies hier sind die Körperteile des Consiglieres, stellt sich die Frage, wie ist Farelli dahintergekommen?«

»Ich traue Pius noch nicht zu einhundert Prozent. Ihn in unsere nächsten Operationen miteinzubeziehen ist aber unumgänglich. Nun kann er wirklich einmal zeigen, warum er früher ein so guter Ermittler gewesen ist und die

Beziehung zu Farelli, auch wenn diese Jahre zurückliegt, kann Gold wert sein. Können wir Pius deines Gefühles nach trauen, steht er loyal hinter uns bis zum bitteren Ende?«

»Denke er hat mit seiner Vergangenheit abgeschlossen. Ich zähle blind auf ihn.« lügt Katharina dem Staatsanwalt ohne mit der Wimper zu zucken ins Gesicht.

29

»Die letzte Aktion lief gewaltig schief.« beginnt Cornelius die Teamsitzung. »Das wird uns so nicht noch einmal passieren. Trappel, wie ich sehe scheinen Sie der Flasche entsagt zu haben, gut so, denn nun kommt es auf Sie an.« Gespannt lauscht Pius den Ausführungen des Staats-anwaltes. Binnen neunzig Minuten wird ihm und Katharina erklärt, wie sie nun gegen Vincenzo vorgehen sollen. Pius äußert sich mit keinem Worte zu Gesagtem, Geplantem und ihm Aufgetragenen. Weder stimmt er dem zu, noch verneint er es. Die Missbilligung dessen steht ihm aber ins Gesicht geschrieben. Steiner verlangt von ihm das Spiel mit dem Feuer auf einem brodelnden Vulkan. Nichts Geringeres als die Infiltrierung in die Organisation von Vincenzo Farelli und den anschließenden Verrat fordert er. Der mit breiten Flügeln schützende Engel Vincenzos scheint nun abkommandiert worden zu sein. Das Schicksal von ihm, wie auch Pius seines, steht an einem Scheideweg. Wohin die Reise auch geht, letzten Endes ist es nur wichtig dem Pförtner erhobenen Hauptes entgegenzutreten. Seinem Naturell treu zu bleiben bis zum letzten Atemzuge, der Weg des Gewinners, auch wenn der Preis dessen der Verlust des eigenen Lebens zu entrichten wäre. Pius war es egal ob er leben oder sterben werde, die Einhaltung seiner Ideale, seinen Lebenskodex galt es zu bewahren, komme da was wolle. Dies setzt eine tiefe Menschlichkeit voraus, sollten denn auch diese Ideale friedlicher Natur gesinnt sein. Nun heißt es besonnen fortzuschreiten, sich weder eines gekränkten Egos, noch sich eingebildeter falscher Tatsachen blendend einen folgeschweren Fehler zu begehen. Wie ihm bereits der Nachbar aufzeigte, vergangen ist vergangen und lediglich im Geiste noch präsent. Da stellt sich dann die Frage: Ist da vielleicht doch noch ein Band, welches Brüder auf Lebzeiten verbindet? Hat der Weggang Anabels ihr Band durchtrennt? Pius hadert seit geraumer Zeit. Niemals zuvor in seinem Leben fühlte er sich so hin und hergerissen, wie dies nun der Fall ist. Gut gegen Böse, Böse gegen Gut. Nur wer ist der Gute, wer ist der Böse? Ist denn nicht lediglich die jeweilige Handlung einer dieser zwei Kategorien zuzuschreiben? Viele Gedanken macht sich Pius um seinen alten Freund. Noch ist er zu keinem Schluss gekommen, die Zeit bringt ihm hoffentlich Rat, denkt er sich. In der Stunde der Entscheidung will er auf sein Herz hören, wie er es früher noch konnte und folglich immer den für seinen Lebensweg richtigen Weg beschritt. Aber auch bei ihm lag lange ein großer Scherbenhaufen, vielleicht noch die einzige Gemeinsamkeit, die ihn und Vincenzo verband. Aus ihm unerklärlichen Gründen schwanden dann allmählich die Scherben des Schmerzes dahin. Ein Lichtchen begann sich wieder in ihm zu entfachen, noch winzig klein und schwach im Scheine, doch strahlte es Wärme aus, die ihm Wohl behagte. War es Zufall, sein Leben langsam neuen Antrieb verliehen zu bekommen, oder von höherer Hand geleitet? Im Grunde war es ihm egal. Wer fragt denn schon, wenn er glücklich ist nach dem warum? Warum - wohl eher des Unglücks Frage.

Katharina und Pius verlassen gemeinsam das Besprechungszimmer, in welchem Cornelius nun alleine dasitzt, bereits vertieft in Akten abgetaucht. Beide laufen zum Fahrstuhl, Pius voran, dicht gefolgt seines neuen Schattens. Im Fahrstuhl spricht keiner der beiden, drei Stockwerke kein Laut. Der Piepton und das Aufschieben der Fahrstuhltüre brechen die Stille. Pius reicht ihr den Autoschlüssel und bittet sie zu fahren, er müsse nachdenken und das ginge als Beifahrer besser. Ihr Fahrziel die selbige Bar von letztem Male, die selbige Person: Vincenzo Farelli.

30

›Wie konnte er mich nur hintergehen? So viele Jahre hinweg war er mein Vertrauter.‹ enttäuscht denkt Vincenzo nochmals an Geschehenes. ›Ist es das alles wert? Ich kannte einmal jemanden, der hätte sogar jetzt noch die positiven Aspekte herauskristallisieren können. Ein eiskalter und brutaler Mensch wurde von seinen Qualen erlöst. Oh, Anabel, wie du mich immer aufgebaut, ermutigt hast die schönen Dinge des Lebens zu sehen, zu fühlen. Rückschlägen wenig bis keinerlei Bedeutung beizumessen, stattdessen den Kopf alsbald wiederaufrichten und sein Werk fortführen. Wie es wohl mit uns dreien geendet, wärest du nicht...‹ Aus seinen Gedanken herausgerissen: »Vince! Dein alter Freund steht wieder vor der Türe, dieses Mal aber alleine. Soll ich ihn hereinlassen?«

»Ich bitte darum.« freut er sich plötzlich aus tiefstem Herzen. Überrascht seines Wohlgefallens über den Besuch von Pius ermahnt er sich kurz selbst im Geiste die Contenance zu bewahren um sich keiner äußerlich sichtbaren Gefühlsregung hinzugeben. Als Pius eintritt begrüßt er ihn freundlicher gesinnt denn letztens im Café.

»Nimm Platz, mein lieber Pius!« er deutet mit seiner Hand auf den freien Stuhl direkt vor ihm. Ohne sich zu bedanken setzt sich Pius, sieht Vincenzo an, zieht eine Pistole und richtet sie direkt auf ihn.

»Wow, was ist denn in dich gefahren?!« gibt Vincenzo erschrocken von sich und zuckt zusammen. So überrascht wurde er noch nie von Pius, aber auch nicht von sonst irgendjemandem. Bei seinen Mitbewerbern hatte er immer solch Situationen zu erwarten, selbst bei seinen Vertrauten, wie eben kürzlich geschehen und war folglich vorbereitet und konnte so auch nicht ins Hintertreffen geraten. Als Raubtier muss man immer auf der Hut und seinem Gegenüber immer einen Schritt voraus sein. Aber was er jetzt gerade erlebte, dies hätte er sich nie in seinem Leben träumen lassen. Pius, sein damals bester Freund und ein und alles, hat seine Hand gegen ihn erhoben, richtet eine Waffe auf ihn.

»Du wirst streben...« gibt Pius mit ruhiger Stimme von

sich »...jedoch nicht durch meine Hand!« und legt die Waffe griffbereit auf den Tisch.

»Ich heiße dich auch willkommen!« sagt nun Vincenzo erleichterter denn je. »Was für eine Begrüßung.« nun schmunzelt er und zündet sich eine Zigarette an, zieht den Rauch ganz genüsslich einmal tief ein und bietet sogleich auch Pius eine an. »Danke, Nein. Ich gewöhne es mir gerade ab!«

»Stört dich aber hoffentlich nicht, wenn ich meine in Anwesenheit eines angehenden Nichtrauchers fertig rauche.«

»Nur zu. Das wird dich sicherlich nicht umbringen.« weiter mit ernster Miene diese Worte von Pius an Vincenzo gerichtet.

»Nun, was führt dich zu mir? Übrigens, bevor ich es vergesse zu erwähnen, es freut mich wirklich dich zu sehen. Die Diskussion im Café...« eine kurze Pause und einen Zug später »...stieg mir ein wenig zu Kopf.«

»Sag nichts mehr!« unterbricht ihn Pius, nun mit aufgelockerter Stimmung. »Wir haben beide überreagiert. Schön zu sehen, dass du dich deiner besonnen hast.«

»Aber jetzt einmal im Ernst: Was sollte die Aktion mit der Waffe gerade eben?! Ich meine, ich würde es verstehen, nicht gerade erwarten von deiner Wenigkeit, aber erfreut, wenn es soweit sein sollte, dass du der gesandte Todesengel wärest.«

»Dir soll lediglich bewusst sein, jeder Atemzug kann der letzte sein, allen voran in deinem Gewerbe und speziell in deiner jetzigen Lage. Entweder liegst du irgendwann in einer Lache deines eigenen Blutes oder du wirst für so lange in den Urlaub geschickt...« Nun wird Pius unterbrochen: »Ich gehe nie wieder ins Gefängnis, einmal und niemals wieder.«

»Wer das nicht schon alles beschworen hatte, letzten

Endes über viele Jahre hinweg hinter Gittern langsam verwelkte und einging. Aber das musst du selber wissen. Heute gebe ich dir letztmalig diesen gutgemeinten Ratschlag, endlich einen Schlussstrich zu ziehen, am besten sofort die Stadt zu verlassen.«

»Du kommst hier her und sagst mir, was ich zu tun...« Vincenzos laute, etwas aggressive Stimme verstummt sogleich und er setzt ruhig und gelassen fort: »... entschuldige, Pius, Gewohnheiten sind schwer wieder los zu werden, allen voran die schlechten. Du hast recht und hattest in diesen Beziehungen auch immer recht. Lange plane ich bereits die Segel zu setzen. Dieser Weg war nicht der meine, nicht erst als ich dich wiedersah, habe ich begriffen wie viel Freude ich einst in meinem Leben vorfand. Seit geraumer Zeit widert mich mein Tun an, Erfüllung fand ich nur zu einem gewissen Grade, die tiefe allumfassende Glückseligkeit ging mir damals verloren. Als ich dir letztes Mal sagte meine Gefühle der alten Tage seien erloschen, hast du bereits erkannt, dem niemals so war. Deine Menschenkenntnis war meiner stets weite Strecken überlegen. Dein Gespür für das Richtige eine gegebene Gabe, welche ich ebenfalls wie durch ein Wunder erfahren durfte.«

»Moment einmal!« gibt Pius skeptisch, folglich kopfschüttelnd von sich. »Du willst mir allen Ernstes weismachen, eine Art Erleuchtung erfahren zu haben, welche dir eine Kehrtwende bescherte.«

»Wenn du es so ausdrücken möchtest. Nicht dass mir irgendwer oder irgendetwas erschienen, das Gefühl unserer gemeinsamen Zeit fachte urplötzlich wieder auf. Zuerst ganz schwach, immer stärker werdend bis hin zu damaligem Frieden in meinem Herzen. Als ich über unsere Vergangenheit sprach, deine, meine und Anabels...niemals habe ich aufgehört daran zu denken, lediglich das Gefühl daran verblasste allmählich über die Jahre. Als ich sagte es

99

erfreue mich lediglich, wenn ich an uns zurückdenke, war dem durchaus so, doch tief in mir schlummerte sie über alle Zeiten. Und eben sie ist in mir wiedererwacht. Zu Grabe getragen, Fehler begangen, nun zur Buße schreiten.«

»So habe ich dich noch niemals zuvor Reden schwingen hören. Sollte dem wahrhaftig so sein, die Zeit könnte noch nicht zu spät sein den Kurs zu ändern.«

»Nur mit der Ruhe, noch habe ich nichts entschieden.« verteidigt Vincenzo sein noch recht unrühmliches gegenwärtiges Dasein. »Bei einem möglichen Ausstieg muss ich mit Bedacht vorgehen, nur dies garantiert die Unversehrtheit meiner Wenigkeit. Vielen wäre es ein Dorn im Auge, eine zu gefährliche Situation ihrer selbst wegen, wenn ich urplötzlich das Handtuch werfe, beschließe auszusteigen. Der ein oder andere würde sich wohler fühlen mich schweigsam unter der Erde liegen zu sehen. Aus diesem Milieu gibt es keine Freistellung, einzig das nicht mehr schlagende Herz verschafft dir Ruhe und Freiheit, doch bin ich noch nicht in diesem Alter, die Radieschen von unten wachsen zu sehen. Aber du kennst mich ja, es wäre gelacht, bereits jetzt dem Sensenmann die Hand zu reichen.«

Nun schweigen sie beide und denken nach. Sie betrachten sich gegenseitig und kommen zu dem Schluss nichts hat sich je geändert. Sie sind älter geworden, sie sind dicker geworden, die Falten lassen auf ihren ungesunden und verwerflichen Lebensstil schließen, doch der Funken in jedem von ihnen ist zu Lebzeiten nicht erloschen, entfacht langsam zu einem Feuer. Wie aus einem langen und tiefen Winterschlaf erwachen allmählich ihre Lebensgeister.

»Denkst du noch oft an unsere gemeinsamen Abende? Denkst du noch an sie?« sagt Pius.

»Jeden Tag und jede Nacht.« gibt Vincenzo zur Antwort. Einen Moment lang schwelgen beide in alten Zeiten, einen wohligen Gesichtsausdruck und ein glückliches Lächeln kann sich keiner der beiden verkneifen. Die Geschichte ihres Lebens läuft nun nochmals im Schnelldurchgang durch ihre Köpfe.

Als Pius sich vorbeugt und mit der Hand Vincenzo bittet sich seinem Kopfe zu nähern, beugt sich dieser langsam und gespannt zu ihm vor und bekommt ins Ohr geflüstert: »Sie wollen dich haben. Nun ist es beschlossene Sache.«

Vincenzo flüstert: »Wer sind DIE?« lehnt sich wieder langsam zurück und setzt mit halblauter Stimme fort: »In meinem Reiche habe ich nicht zu flüstern.«

»Die Wände haben Ohren, auch du bist nicht gefeit vor Lug und Trug.« spricht nun auch Pius wieder etwas lauter.

»Von denen du sprichst, handelt es sich wohl um den neuen Generalstaatsanwalt und den ein oder anderen Saubermann in Regierungskreisen. Stimmt's?« sagt er spöttischen Tones voller Überheblichkeit seiner bisherigen Unantastbarkeit ausgehend.

»Du hast noch nicht begriffen, die Jagdsaison ist eröffnet. Steiner hat nun freie Hand bekommen, die Ermordung des Generalstaatsanwaltes und noch zwei oder drei weitere Kofferraumfunde ließen den Druck unermesslich werden, dem sich, ohne dabei Schaden zu tragen, keiner mehr entziehen kann.«

»Und du sollst nun allen Anscheines nach der Köder im Haifischbecken sein?«

»So war die Idee.«

»Dieser Mistkerl! Dieser gottverdammte Bürohengst!« schreit Vincenzo erzürnt auf und schlägt mit der Faust auf den Tisch, sodass die darauf befindliche Tasse samt Untertasse und Löffel erzittert und beinahe zu Boden geht.

»Ruhig Blut! Du machst jetzt einfach gar nichts, verstehst du?! Sollte dem Oberstaatsanwalt etwas zustoßen...« leichtes Kopfschütteln von Pius »...wäre deine Zeit wohl abgelaufen. Reicht schon der alte Generalstaatsanwalt im Kofferraum. Hast du eigentlich etwas damit zu tun?«

»Jemanden über all die Jahre aufgebaut, Unmengen in ein solches Pferdchen investiert, den lässt man noch lange Rennen laufen.« antwortet Vincenzo mit leicht bedrückter Stimme, traurig seines alten und nun toten Gaules wegen, denn viel Mühe und Geld hatte dessen Fütterung in Anspruch genommen.

»Verstehe!« Pius erhebt sich von seinem Sessel und gibt Vincenzo die Hand, mit kräftigem und freundschaftlichem Druck verabschieden sie sich voneinander. Pius steckt seine Pistole wieder in seine Tasche und verlässt die Bar, biegt am Ende der Straße um die Ecke, läuft zu einem parkenden Wagen hin, in welchem Katharina wartet, die beim Öffnen der Türe sogleich fragt: »Und? Wie war´s?«

31

Während der Fahrt zurück ins Büro sollte Katharina nicht annähernd ein wahres Wort des Gespräches zwischen Vincenzo und Pius vernehmen. Alles was die beiden in der Bar besprochen haben, blieb in diesem Raume, jedweilige Abhörversuche durch Abhörgeräte der zwei Beamten, welche in einer kleinen Wohnung im ersten Stock des gegenüberliegenden Gebäudes stationiert wurden, brachten kein Wort zu Tage, Abhörschutzgeräte verhinderten mittels akustischen Störsignalen jegliche Aufzeichnung des Gespräches. Mehr als Kaffee trinken und Däumchen drehen hatten diese zwei armen Taugenichtse nicht zu tun. Lediglich die Besucherliste der Bar galt es detailliert mit Fotos und Zeitangaben zu dokumentieren. Nicht zu vergessen die Ab- und Ankunftszeiten Farellis sollten penibel genau festgehalten werden. Alle die zu Farelli gehörenden Fahrzeuge wurden mit Peilsender versehen, diese dann auch, komischerweise, oder vielleicht auch logischerweise, keinen der Clubs mehr angefahren haben, sich ausschließlich im Kreise zu drehen verstanden. Nicht lange dauerte es, dass Steiner sich eine neue Taktik zurechtlegen musste, auf die altmodische Tour war Farelli nicht zu überführen, versuchte man es ja schon seit geraumer Zeit dieses Weges nach. So kam ihm dann auch die Idee Trappel zu seinem Nutzen zu gebrauchen. Er wusste nur zu gut, er könne ihm nicht trauen und würde zu seinem alten Freunde stehen, so orderte er eine rundum Überwachung von Trappel an. Hierzu setzte er auch Katharina ein, welche er letztendlich überzeugen konnte, Trappel verberge sein zweites Gesicht. Wenn Farelli fallen sollte, seine Position wäre gesichert, hierzu brauchte er jedoch einen Glückstreffer, auf welchen er sich aber nicht verlassen wollte oder eben dessen alten Freund Pius Trappel. Katharina wurde gebeten Trappel eine kleine Abhörwanze in dessen Mantel zu stecken um das Gespräch mit Farelli mitzuhören, was nicht geschehen ist, dazu aber später mehr.

Alles was Steiner bis dato an Beweisen und Aussagen sammeln konnte, hätte durchaus für eine Verurteilung Farellis sorgen können, lediglich wenige Monate Haft wären einer nervenzehrenden und langwierigen Gerichtsverhandlung in Aussicht gestanden. Mit einem solch unspektakulären Urteil wollte der neue Generalstaatsanwalt seinen vielleicht größten Fall nicht entschieden sehen. Die maximale Strafe war das erhoffte Ziel. Mit weniger wollte sich Steiner nicht zufriedengeben. Hier ging es ihm weniger darum den mit Abstand straffälligsten und auf freiem Fuße befindlichen Verbrecher für lange Zeit hinter Schloss und Riegel zu bringen; die ihm zuteilwerdende Hochachtung, der ersehnte Ruhm war sein Elixier zur Absolution. Alleinig die Vorstellung am Kelch der Gloria zu kosten, erregte ihn. Ihn dann wirklich zum Munde führen und genüsslich davon trinken, würde ihn unsterblich machen, dachte er sich. Seines Planes Idee war folgende: Trappel sollte ihm nichts ahnend die nötigen Informationen beschaffen um genügend gegen Farelli in der Hand zu haben, sodass der Richter nicht einmal mehr mit der Wimper zu zucken brauchte um eine jahrzehntelange Inhaftierung zu verhängen. Eine Revision seitens des Angeklagten hätte sicherlich auch nicht viel Aussicht auf Erfolg, wäre nur die Beweislast, die zur Verurteilung führte, erdrückend genug. Natürlich war der erste Schachzug des Staatsanwaltes Steiner ein vorzüglicher. Ein wegen Mordes eines Generalstaatsanwaltes Angeklagter darf sich wohl wenig Hoffnung auf ein mildes Urteil machen. Doch der Hintergangene war allen einen Schritt voraus, roch den Verrat und schaltete die Ratte aus. Nur wie kam er dem verwegenen Plane von Steiner auf die Schliche? Außer Steiner selbst und des Herren Grazianos kannte niemand dieses Komplott. Gehen wir davon aus, die Sinnesorgane gehören tatsächlich dem Herren Graziano, so konnte es Unachtsamkeit von diesem gewesen sein gegen Farelli den kürzeren zu ziehen und als Fischfutter zu enden, den eine Leiche wurde niemals gefunden. Die Sinnesorgane fielen den Abwasserrohren der Stadt zum Opfer, das Messer aller Blutspuren und möglichen Fingerabdrücken beseitig, versenkt in einem tiefen See. Beweise, Steiner habe einen Mord in Auftrag gegeben, gab es im Grunde keine, sprach er lediglich zweimal persönlich unter vier Augen mit dem Killer, jeweils verabredet auf einem verlassenen Firmengelände. Raum für Spekulationen gibt es aber immer, auch hier in diesem Fall. Beispielsweise könnte Farelli seinem Consigliere aus irgendeinem Grunde nicht mehr vertraut haben und ihn beschatten lassen, vom Treffen somit erfahren, zusätzlich seines Auftrages der Ermordung des Generalstaatsanwaltes. So musste es sein.

32

›Ich werden ihn töten. Der Tod ist seine und meine Erlösung. Wenn nicht ich es tue, wer dann? Jeder Mensch muss sich den Konsequenzen seiner Handlungen bewusst sein und sollten diese eintreffen mit ihnen leben oder eben sterben. Kann es ein Irrglaube sein eines noblen Zweckes wegen einen Menschen ins Jenseits zu schicken? Ein einzelnes Leid heraufzubeschwören um etliche zum Schweigen zu bringen, richtig oder falsch? Jemanden Lebens zu berauben ist eine Todsünde. Auch dann, wenn das geraubte Leben dafür Sorge trägt, kein weiteres mehr zu rauben? Ist dies nicht ein Akt höchster Selbstlosigkeit? Mein Opfer hat es in meinen Augen durchaus verdient diese Reise zu beenden, eine neue zu beginnen. Wer zieht übrigens die Grenze, wann solch ein edler Mord auch von edler Gesinnung ist? Gibt es hier übrigens eine Grenze?

Wenn ich über die abscheulichsten Diktatoren unseres Planeten nachdenke, wäre ich einem Gefangenen dessen Regimes in irgendeinem dreckigen und heruntergekommen Loches, entzogen jeglicher Menschlichkeit der Folter unterworfen, nicht ein wahrer Engel gesendet von Gott, beendete ich das niederträchtige Leben des Barbaren?! Nicht alle bösen Taten sind böse und nicht alle guten Taten sind auch wirklich gute. Die Intentionen dahinter sind durchaus zu berücksichtigen. Heiligt der Zweck also die Mittel? Ich denke ja. Vincenzo Farelli muss sterben. Somit ist es beschlossene Sache, die Welt wird anschließend leichter schwingen und ein wenig durchatmen können.‹

33

»Katharina!« ruft Cornelius im Vorbeigehen. Sie reagiert nicht. »Katharina!!!« nun nochmals aber um einiges lauter als zuvor. Sie nimmt ihre Kopfhörer aus den Ohren und dreht sich um, glaubte etwas zu hören und dem war auch so, stand Cornelius nur wenige Meter hinter ihr, gerade dabei sich in sein Büro zu begeben, mit einer Geste er sie zum Mitkommen auffordert. Sie legt den MP7 Player zur Seite und folgt ihm.

»Kannst du mir bitte erläutern warum keine Aufnahmen mit den Stimmen von den Herren Trappel und Farelli existieren?«

Obwohl sie wusste, er würde früher oder später danach fragen, war sie doch in diesem Augenblick total überrascht und nicht vorbereitet um sofort zu antworten. Sie denkt kurz nach und lügt wie folgt: »Also ich habe es Pius in die

Tasche gesteckt und...«

»Lüg mich nicht an! Ich sehe wenn du lügst. Und jetzt gerade...«

»Also gut...« unterbricht sie ihn, um sich seine Moralpredigt zu ersparen. »...es war so...« und sie lügt ihm das Blaue vom Himmel. Auch dieses Mal glaubt er ihr nicht, mahnt aber kein weiteres Male.

Der Staatsanwalt sieht sich nun komplett alleine im Kampf gegen Farelli. Immer ernster und verbitterter nimmt er sich diesen Fall zu Herzen. Er hat bereits so viel Zeit und Energie in sein heiligstes Projekt investiert, da gibt es kein Zurück mehr. Niemandem kann er mehr trauen. Von Katharina im Stich gelassen, ausgerechnet von ihr, was für eine Enttäuschung für ihn. Nachdem er Katharina seines Büros verwiesen, bestellte er Pius zu sich, der auch umgehend bei ihm eintraf. Verwundert über seine Schnelligkeit, etwas irritiert, musste er erst seine Gedanken sammeln, da er noch dem Gespräche zuvor im Geiste beiwohnte.

»Nun Trappel! Wie geht´s Ihrer Frau?«

»War nie verheiratet!«

»Wirklich nicht?! Ich dachte...auch egal...«

»Ich hatte einmal einen Hund!« unterbricht ihn Pius mit spöttischem Tone.   »Gut so, das ist gut... Aber lassen wir jetzt den Scheiß. Sie wissen ich kann Sie nicht ausstehen. Sie mit ihrem selbstgefälligen Gehabe, all die Weisheiten der Welt zu kennen, doch nur ein Trinker der auf der Suche nach weiß ich ist. Jetzt können Sie noch einmal zeigen was in ihnen steckt. Der alten erfolgreichen Tage willen, Ihrer alten erfolgreichen Tage.« fleht er schon fast, ihn zur Zusammenarbeit bittend.

»Jetzt sage ich Ihnen einmal was...« weiter sagt Pius aber

nichts.Nach einer Schweigeminute, abwartend was kommen möge: »Ja, und? Was?«

»Moment!« Pius schließt seine Augen, lässt die Pupillen darunter tanzen und richtet, nachdem er sie wieder geöffnet, seinen Blick direkt in die Augen von Cornelius. »Ich sehe Ihre Angst!«

»Angst?!« beklagt er sich erschrocken dieser Unterstellung.

»Sie fürchten sich; Ihre Augen verraten es. Deutlich ist eine panische Angst darin zu lesen. Daraus schließe ich: Viel steht für Sie auf dem Spiele, mehr als es den Anschein hat. Möglicherweise viel mehr als nur Ihre Karriere, die auf tragische Weise vorangetrieben wurde. Nein, es muss eindeutig mehr sein. Was ist Ihr Geheimnis? Sind Sie schwul? Ficken Sie kleine Mädchen? Haben Sie einen umgebracht? ...« Da zuckt Cornelius plötzlich leicht zusammen, kaum auszumachen, perplex der Fragestellungen wortlos.

»Das ist es also! Sie haben einen auf dem Gewissen. Und? Haben Sie es selber getan? Lassen Sie mich raten.« Pius denkt kurz nach. »Sie sind einer der keinem ein Leid zufügen könnte, deshalb haben Sie jemanden beauftragt. Genau das ist es. Wir machen Fortschritte...«

»Was fällt Ihnen eigentlich ein?! Schwul? Pädophil? Mord?« gibt Cornelius erbost von sich. Recht künstlich und verlegen.

»Das war das zweite mal nun, dass Sie mir bestätigt haben in einen Mord verwickelt zu sein.« untermauert Pius seine These.

»Wissen Sie eigentlich mit wem Sie es zu tun haben, wie reden Sie denn mit mir?« brüllt er nun.

»Wissen Sie mit wem Sie es zu tun haben?!« kontert Pius nun bestimmender. »Wen denken Sie haben Sie vor sich

108

sitzen?! Seit Jahren habe ich es mit allen möglichen Schauspielern des Lebens zu tun. Manche sind gut, spielen ihre Rolle hervorragend, manche so grottenschlecht, die können nicht mal regungslos daliegend eine glaubwürdige Leiche spielen. Zu diesen miserablen Spielern zählen Sie zweifellos.«

Cornelius will gerade ansetzen um ihn zurechtzuweisen, da führt Pius den rechten Zeigefinger zu seinen Lippen und ermahnt ihn den Mund zu halten. Um der Gestik Nachdruck zu verleihen zieht er gleichzeitig die Augenbrauen hoch. Cornelius bleiben die Worte im Halse stecken.

»Einer der ältesten und billigsten Tricks einen Lügner zu entlarven. Hören Sie zu, da können Sie vielleicht noch etwas lernen. Wenn jemandem schnell eine Vielzahl von Unterstellungen an den Kopf geworfen bekommt, hat er keine Zeit diese der Bedeutung nach in seinem Verstand zu ordnen, reagiert deshalb auf die Wahrheit mit einer Reaktion, welche in Ihrem Fall ein kaum wahrzunehmendes Zusammenzucken ausmachte. Beim dritten Anlauf genau ins Schwarze, was für ein Hundskerl ich doch bin.«

»Das ist doch schwachsinnig!« entrüstet sich Cornelius.

»Wie dem auch sei, von nun an gehen Sie mir besser aus dem Weg, denn sonst kann ich für nichts mehr garantieren. Dies soll nicht als Drohung verstanden werden, hier handelt es sich um ein Versprechen! Kommen Ihnen diese Worte vielleicht bekannt vor?!« Pius steht auf, lässt den irritierten Staatsanwalt fassungslos sitzen, dreht sich nochmals um, bevor er dessen Büro verlässt: »Ab jetzt leite ich die Ermittlungen! Sie sind raus, Sie armes Schwein.«

›Dies war selbstverständlich niemals so geplant, einen solchen Goldtreffer zu landen. Erstaunt mich vielleicht mehr noch als Steiner dies tut. Er war also in die Ermordung des Generalstaatsanwaltes involviert, vielleicht hat er diese auch inszeniert. Da er auf dessen Posten intendierte und diesen nun auch bekleidet macht es aus karrieretechnischer Sicht vollauf Sinn. Selber konnte er es aber nicht vollbringen, einen Mord mit einem Messer, nicht dieser Schönling. Wen hat er also hierfür zu Rate gezogen?‹

In seinem Büro angelangt, durchsucht er nochmals die Akten der vorangegangenen Mordopfer mit identischer oder ähnlicher Vorgehensweise. Danach ist ihm eindeutig klar, aus den Reihen Vincenzos musste der Killer kommen. Nun sind bereits drei Tote, mit dem Generalstaatsanwalt sogar vier, die allesamt die gleichen Mordmerkmale aufwiesen und zudem jeweils im Kofferraum eines gestohlenen Fahrzeuges aufgefunden wurden. Eindeutiger konnte es nicht sein. ›Vincenzo hat es aber nicht in Auftrag gegeben. Wie mir zu Ohren gekommen, war der tote Gesetzesdiener zu einem stattlichen Vermögen gelangt, erklärt dann auch woher der Wind wehte, beziehungsweise wer keines Sturmes fürchten musste. Warum also sollte Vincenzo die schützende, noch dazu goldene Hand abhacken? Das ergibt keinen Sinn. Eines ist jedoch klar, Steiner profitierte von der Ermordung, wer aber noch? Der, der den Mord ausführte, oder der, der ihn beauftragte. So muss es sein. Fasse ich noch einmal zusammen: Steiner ist in diesen Mordfall verwickelt - Vincenzo wird ihn womöglich nicht beauftragt haben - dann muss es also einer gewesen sein, der ihm Schaden zufügen und diesen Mord anzuhängen versuchte. Wenn aber wirklich jemand Vincenzo den Mord in die Tasche schieben wollte, müsste ein Beweis aufgetaucht sein, um die Spur zu ihm führen zu lassen. Die Mordwaffe oder dergleichen. Ich werde

110

noch einmal mit Vincenzo reden müssen, womöglich verschweigt er mir etwas? War er mir letztens mit aufgesetzter Maske begegnet? Hat er mich getäuscht?‹

34

»Du warst nicht ehrlich zu mir.« wirft Pius seinem Gegenüber an den Kopf. Noch am selbigen Tage musste er Vincenzo treffen um Gewissheit zu haben, welches Spiel er denn nun spiele. So hat er einen Treffpunkt in einem kleinen Park am Stadtrand vereinbart. Die Sonne ging bereits unter, die Wärme zog mit den letzten Strahlen langsam dahin, eine angenehme Kühle brach herauf. Vincenzo hatte auf der Parkbank neben einem kleinen Springbrunnen Platz genommen, in welchem sich noch einige Spatzen vergnügten. Seiner Gewohnheit nach kam er einige Minuten vorher, eher Pius eintraf. »Oder du hast mir etwas verschwiegen?«

»Du hast recht, alles wollte ich dir nicht sagen, musste mir erst des gesamten Bildes im Klaren sein. Werde nicht ganz schlau aus Geschehenem, da ich aber nun einen friedlichen Rückzug ins Auge gefasst, kann ich dich durchaus einweihen.« sagt Vincenzo und greift in seine Tasche, holt einen Zettel hervor und reicht ihn Pius, welcher stillschweigend liest:

Ermordung des Generalstaatsanwaltes Dr. Fischer durchgeführt von Antonio Graziano - Hab Acht, Mordwaffe auf dem Weg zu dir - Anabel.

111

Kurz glaubt Pius den Unterzeichner der Nachricht nicht recht gelesen zu haben, sieht fragend zu Vincenzo hinüber: »Das kann doch nicht sein! Oder?!«

»Ich kann es dir nicht beantworten.«

»Ihren Abschiedsbrief habe ich aufbewahrt, lese ihn heute noch ab und an, und es ist eindeutig ihre Handschrift.« sagt Pius.

»Meinen habe ich auch noch.« lächelt Vincenzo, blickt zu Pius hinüber und fragt ihn ob es denn wahr sein könne, diese Nachricht komme tatsächlich von ihr. Nach langem Überlegen und Abwägen aller Möglichkeiten kommen beide zu dem Schluss, dass sie nicht die geringste Ahnung haben was dies zu bedeuten habe. Pius fragt noch nach dem Consigliere und der Mordwaffe, anfangs bei Anblick der Handschrift aber alles in Vergessenheit geraten, Nervosität aufsteigend, den Blick rundherum benebelt und nur eine Sache im Mittelpunkt stehend: Anabel. Vincenzo erzählt ihm anschließend wie er das Messer bei Graziano gefunden und ihn daraufhin beseitigen ließ, die Details der erbarmungslosen und bestialischen Beseitigung des Verräters ersparte er ihm. Die Geschichte über das an Steiner gesendete Päckchen behielt er ebenfalls für sich.

35

Vincenzo betritt die leerstehende Lagerhalle über einen nach außen nicht verschlossenen Notausgang. Im Wagen wartet Pius und ist ganz aufgeregt. Grund hierfür ist ein weiteres Schreiben, dass Vincenzo erhalten hatte, in welchem um ein Treffen mit ihm alleine, dies Wort wurde doppelt unterstrichen, gebeten um - all die offenen Fragen der Vergangenheit zu klären, gezeichnet von Anabel. Einige Minuten vergehen, ganz gespannt wartet Pius im Wagen und kann nicht aufhören an Anabel zu denken, an all die schönen Zeiten, wie viel Spaß sie doch miteinander hatten. Jedes Mal zeichnete es ihm ein tief zufriedenes Lächeln ins Gesicht, wenn er daran denken musste. Er stellte sich vor wie Anabel und er stundenlang spazieren gingen, über Gott und die Welt philosophierten, sich beide ... plötzlich reißt ein Schuss Pius aus seinen Gedanken. Ohne lange zu überlegen öffnet er die Fahrertüre, springt aus dem Wagen und rennt Richtung Notausgang, welche knapp fünfundzwanzig Meter entfernt, während ein zweiter Schuss fällt, stockt ihm kurz der Atem und er vor seinem inneren Auge Vincenzo zu Boden sinken sieht.

›Oh Gott, NEIN!‹ sind die letzten Gedanken von ihm ehe er bei der Türe angelangt ist, diese mit voller Wucht aufreißt und in die Halle tritt. Auf der linken oberen Seite der Halle sind die einzigen Fenster, welche gerade soviel Licht von draußen einströmen lassen um sich zurechtzufinden. Blitzartig haschen seine Augen den Hallenboden entlang und da liegt er. ›Oh nein!‹ Sofort rennt er zu dem auf dem Boden liegenden Körper inmitten dieser großen Halle. Als er näherkommt, bestätigt sich seine Vermutung, es handle sich um Vincenzo. Mit dem Bauch auf dem Boden und ihm den Rücken zuwendend erkennt er dessen Anzug. Noch ein Schritt; nun auch den Hinterkopf mit den schwarzen Haaren von ihm. Als er über ihm steht, blickt er schockiert auf ihn hinab, bückt sich langsam, vernimmt ein leises Röcheln und legt beide Hände auf ihn. Er packt ihn und dreht ihn auf den Rücken, eines leisen und schmerzerfüllten Schreies begleitet. Sein weißes Hemd in Brust und Bauchgegend in Blut getränkt, atmet er schnell aber sanft wie ein wohlig Schlafender. Eines gelassenen Blickes schenkt Vincenzo seinem Freund ein kurzes Lächeln, bevor der Schmerz sein Gesicht wieder verkrampft.

»Verdammt nochmal, was ist denn nur passiert?! Ich ruf schnell die Rettung.« Pius im Sinne fluchtartig den Weg zum Wagen in Angriff zu nehmen, in welchem ein Telefon liegt, hält ihn Vincenzo am Bein fest und versucht ihm noch etwas zu sagen; kein Wort ist zu vernehmen. Sein Kopf neigt sich leicht zur Seite - ein letzte Hauch - ein letzter Atemzug.

36

Die Türe öffnet sich und es tritt jemand in die Halle. Noch kann sie nicht genau erkennen, um wen es sich handelt. Den Griff der Pistole in ihrer rechten Hand drückt sie nun ganz fest, vor Anspannung und Aufregung muss sie sich daran festklammern. Langsam hebt sie den Arm und zielt auf die Person die gerade hereingekommen ist, welche aber noch nicht sieht, ob sich hier überhaupt jemand befindet. Langsam schreitet die Person gen Mitte der Halle. Nun geht sie einige Schritte ihm entgegen, erkennt den Erwarteten, der wiederum die Anwesenheit einer anderen Person bemerkt. Sie nähert sich weiter langsamen Schrittes mit der auf ihn gerichteten Waffe auf ihn zu, weshalb er auch stehen bleibt. Einige Meter vor ihm bleibt sie dann ebenfalls stehen; nun erkennt auch er, um wen es sich bei der Person mit der Waffe handelt. Verblüfft sieht er sie fragend des warum an. Eine eiserne Stille umgibt die beiden.

Die Nervosität von Katharina ist im Angesicht ihres Gegenübers wie weggeflogen. Eine gewisse Genugtuung und Befriedigung verschafft ihr der gegenwärtige Moment, weiß sie sich doch als Rachengel, der eine verlorene Seele nach Hause sendet. Sie kostet gerade jeden Funken dieses Augenblickes aus, sieht sie doch lediglich Leid und Schmerz in ihm und eben sie dies zu beenden im Stande ist, Frieden zu bringen.

»Du bist also Anabel.« sagt Vincenzo recht entspannt, ist es ja nicht das erste Mal, dass er mit einer Waffe bedroht wird, wohl aber das letzte Mal.

»Dem ist durchaus so.« gibt Katharina selbstbewusst von sich. »Als meines zweiten Namen gab mir meine Mutter den selbigen.«

Nun ist Vincenzo überraschter und ratloser denn je, kann dies auch nicht verbergen, was Katharina wiederum erfreut.

»Jetzt wirbeln deine Gedanken umher, keiner lässt sich fassen um zu erkennen was gerade geschieht. So will ich dir helfen, Vater.« Als die Überraschung von Vincenzo anscheinend bereits ihren Zenit erreichte, toppte dieses eine Wort alles um ein Vielfaches.

»Du bist mein Vater!« sticht sie nun tief in die aufklaffende Wunde. So sprachlos und verdutzt war Vincenzo zu Lebzeiten niemals gewesen. Um den Stachel noch tiefer zu bohren fährt sie fort: »Meine Mutter war deine Geliebte. Anabel!« Jetzt scheint er vollkommen den Boden unter den Füssen zu verlieren, seine Augen werden glasig, die Arme baumeln herab. Erinnerungen gepaart mit Ratlosigkeit tragen Schuld daran. »Freue dich doch ein wenig, du wirst sie in wenigen Momenten wiedersehen.«

»Warum?« tönt hauchdünn zwischen den Lippen

Vincenzos hervor.

»Warum! Eine gute und berechtige Frage. Du sollst selbstverständlich erfahren, warum du jetzt heute hier stehst. Eine ganz einfache Erklärung: das Tagebuch meiner Mutter.«

»Wie geht es Anabel?« fragt Vincenzo wie aus einer Pistole geschossen.

»Sie ist verstorben. Als ich nach ihrem Tod ihre Sachen versorgte, fiel mir ihr Tagebuch in die Hände. Ich weiß nicht warum ich es aufgeschlagen habe, eigentlich verneine ich in persönlichen Dingen anderer zu wühlen, die Neugierde und Trauer haben es mich lesen lassen. Während ich darin gelesen habe, fühlte ich sie ganz nahe, dadurch lebte sie nochmals auf, war in diesem Augenblicke nicht verschwunden, sondern lebendig tief in meinem Herzen. Zeitens klammerte ich mich daran.«

Tief traurig, die Tränen noch zurückhaltend stehen nun beide sich gegenüber, sie mit der Waffe im Anschlag, er langsam bereit von dem Erdenschmerz erlöst zu werden.

»Wie ist sie gestorben?« bittet Vincenzo zu erfahren.

»Sie war krank.« Nun fließen ihr die ersten Tränen über die Wangenknochen die Backen hinab. Sie schließt die Augen, hebt die Waffe etwas höher, spannt den Schlaghahn und beginnt leicht zu zittern, kaum zu bemerken, ihr kommt es jedoch vor als ob sie bebt. Vincenzo breitet die Arme aus wie ein Engel seine Flügel und schließt ebenfalls seine Augen. Eine Wucht schleudert ihn rückwärts zu Boden, die Luft bleibt ihm weg. Er liegt auf dem Rücken erhebt seinen Oberkörper langsam, öffnet mit schmerzverzerrtem Gesicht seine Augen. Da steht Katharina mit Tränen in ihren Augen, schluchzt und weint.

»Sag ihr...ich vermisse sie!« sind die letzten Worte, die Vincenzo aus dem Munde seiner Tochter zu vernehmen vermag. Ein tief zufriedener und glücklicher Ausdruck blitzt in seinem Antlitz auf, ehe sich ein weiterer Schuss löst. Vincenzo fällt zur Seite, rollt auf den Bauch und bleibt regungslos liegen.